Sarah Kern
Co-Autor Andreas Reinhardt

LEBEN

Biografie

Impressum

2025
Deutsche Ausgabe

Bibliografische Information der Deutschen Nationalbibliothek:

Die Deutsche Nationalbibliothek verzeichnet diese Publikation in der Deutschen Nationalbibliografie; detaillierte bibliografische Daten sind im Internet über http://dnb.d-nb.de abrufbar.

Created by Zodiac Verlag
Alle Fotos aus Privatarchiv Sarah Kern,
Ausnahmen in Kern-Galerie genannt

ISBN: 978-3-911085-36-6

Zodiac Verlag
Brandenburgstraße 39
63456 Hanau
www.Zodiac-Verlag.de

Kontaktadresse nach EU-Produktsicherheitsverordnung:
Produktsicherheit@Zodiac-Verlag.de

Sarah Kern
Co-Autor Andreas Reinhardt

LEBEN

Biografie

Diese Biografie wurde erlebt und erzählt von
Sarah Kern
und in Worte gekleidet von
Andreas Reinhardt.

Inhalt

Ein Vorwort

Als man mir das Biografie-Projekt „Sarah Kern“ im Frühjahr 2020 von Verlagsseite zum ersten Mal antrug, ist mir spontan einiges durch den Kopf gegangen: ehemals verheiratet mit dem berühmten deutschen Modeschöpfer Otto Kern und feste Größe im internationalen Jet-Set, erfolgreiche Modedesignerin. Auch war mir bewusst, dass ihr Leben über die Jahre immer wieder von verschiedensten Medien thematisiert worden war, gerne reißerisch aber bestimmt nicht immer fair und wahrhaftig.

Ja, ich wollte dieses Projekt unbedingt.

Ich weiß nicht recht, was ich erwartet hatte, als ich auf Malta – der Wahlheimat von Sarah Kern – eintraf, und ohnehin ist es ja zielführender, ohne Erwartungshaltung in ein neues Projekt zu starten. Aber um der Wahrheit die Ehre zu geben, diese Frau hat mich mit ihrer Natürlichkeit, dem frischen Auftreten und der mehrsprachigen Eloquenz vom ersten Augenblick an begeistert.

Auch ihre beiden Söhne nahmen mich wie selbstverständlich im Kreis der Familie auf. Selbst der aufgeweckte Lemon Beagle „Buddy“, das tiefenentspannte Camäleon „Million“ und das aufmerksame Lovebird-Pärchen „Joshi“ und „Mädi“ schlossen sich an.

Es offenbarten sich mir drei Persönlichkeiten, die gestärkt aus den Untiefen und Herausforderungen vergangener Jahre hervorgegangen waren. Eine verschworene, sich innig liebende Gemeinschaft, wenngleich überaus lebendig und durchaus streitbar. Bereits am Tag meiner Ankunft überkam mich der Gedanke an Alexandre Dumas' „Die drei Musketiere". Mon dieu, das passte! Sarah Kern erinnerte verblüffend an den mit schneller Auffassungsgabe, intelligentem Humor und vorpreschender Zielstrebigkeit gesegneten d'Artagnan, welcher temperamentvoll die Zügel der gemeinsamen Geschicke in Händen hält. Der erwachsene Sohn O. J., welcher genau wie in dieser Biografie bereits in jungen Jahren in öffentlichen wie sozialen Medien aller Art weitestgehend nicht stattfinden wollte, passte auf Athos. Diesen eher introvertierten, aristokratisch anmutenden Musketier, unbedingt verlässlich und kein Mann vieler Worte. Dann war da noch der jüngere Sohn Romeo. Mühelos ließ der sich in weiten Zügen dem Charakter des Porthos zuordnen. Wie man weiß, ist dieser ja eigenwillig und kämpferisch, hat zu allem und jedem eine lautstarke Meinung. Und ganz zweifellos war das Motto ‚Einer für alle und alle für einen!' sowohl den Romanfiguren als auch den Dreien vor Ort eine Herzensangelegenheit.

Doch eines beschäftigte mich noch bis in den folgenden Tag hinein: Laut Literatur sind es doch eigentlich vier Musketiere. Was war also mit dem edlen Feingeist Aramis, der ob seiner friedfertigen Natur ja eigentlich die kirchliche Laufbahn eines Abtes anstrebt? - Wahrlich kaum zu glauben, doch just am nächsten Tag rief Sarahs Bruder Lars an. Und nach dem Gespräch mit ihm in Ton und Bild wusste ich so sicher wie das Amen in der Kirche: Lars war Aramis!

Die Arbeitstage mit Sarah Kern auf Malta waren von Leichtigkeit getragen, bestachen aber ebenso durch Disziplin und feste Abläufe. Wir erkundeten die Hauptstadt Valletta und Umgebung, sprachen über Gesellschaft und Politik, philosophierten über das Leben und die Spiritualität – immer begleitet von meinem stets bereiten Aufnahmegerät.

Und wie sich noch herausstellen sollte, war es lediglich der Auftakt zu einer längeren gemeinsamen „Reise". Im Jahr 2024 stand die Ergänzung der Biografie um neue Kapitel an. Sarah wollte mich erneut als Co-Autor ins Boot holen, was der Verlag begrüßte.

Was mich betrifft, so war meine Zusage allem voran eine Frage von Sympathie und Respekt.

Eine bereichernde Zusammenarbeit voller Vertrauen und Humor mit einer starken Persönlichkeit – gesegnet mit Natürlichkeit, Freigeist und Toleranz.

Vielen Dank dafür, liebe Sarah.

Andreas Reinhardt,

Co-Autor, Biograf und Romanautor

Das erste Leben der Sarah Kern: Von Kindheit an anders gestrickt

Eine gute Geschichte will vom Anfang her erzählt sein, besonders dann, wenn es sich um eine wahre Geschichte handelt. In meinem Fall ist das die behütete Kindheit im Schoße einer gutbürgerlichen, werteorientierten Familie. Entscheidend zu erwähnen ist dabei, dass ich immer schon aus dem Rahmen fiel, meinen ganz eigenen Gedanken auch tatkräftig folgte und damit nicht selten für Kopfschütteln sorgte – vor allem bei meinen Eltern. Bereits damals schien es, als wären Begriffe wie gesellschaftliche Konventionen, Konformität oder Norm nicht unbedingt Teil meiner Lebens-DNA. Nicht, dass es mir einen Heidenspaß gemacht hätte, aufzufallen oder andere vor den Kopf zu stoßen, ganz und gar nicht. Ich war einfach nur ich selbst. Astrid Lindgren, die schwedische Kinder- und Jugendbuchautorin, und ihre Pippi Langstrumpf hätten vermutlich ihre helle Freude an mir gehabt, auch wenn ich keine roten Zöpfe, Superkräfte oder die Villa Kunterbunt vorzuweisen hatte. Kecke Strumpfhalter trug ich auch noch nicht, Spielereien dieser Art kamen erst später, wenn auch raffinierter.

‚Hier stehe ich, ich kann nicht anders. Gott helfe mir. Amen!', soll der große Reformator Martin Luther im Jahr 1521 vor Kaiser Karl V. in Worms zum Besten gegeben haben.

Ich, Sarah, konnte auch nicht anders und wollte es auch nicht. Und was immer ich tat, geschah ebenfalls in tiefem

Glauben an Gott, denn ich war und bin im Gegensatz zu meinem Vater gläubig, wenn auch nicht religiös.

Was meine Eigenarten angeht, so erinnere ich mich da an ein beispielhaftes Ereignis in der Schildergasse in Köln, unserer damaligen Heimatstadt.

Mein Vater, ein deutscher Architekt von stattlicher Statur, hielt mich, die ich noch im Vorschulalter war, an der Hand. Wie auf einer überfüllten Einkaufsmeile üblich, schob sich eine zweigeteilte Menschenmenge aus Konsumenten, Touristen und Berufstätigen wie gleichgeschaltet in entgegengesetzten Richtungen zäh voran. Wie gelernt, gingen auch wir beide mit dem Strom, ohne einen Gedanken an derlei Automatismen zu verschwenden. Obwohl, mich beschäftigte es schon. Was mich schließlich am Ärmel meines Vaters zupfen ließ, hatte nichts damit zu tun, dass eine schier undurchdringliche Wand aus Erwachsenen auf ein kleines Mädchen überaus bedrohlich wirken konnte. Vielmehr bereitete es mir großes Unbehagen, wie ein Schaf der Herde zu folgen.

»Papa?«

»Ja, mein Kind?«, antwortete er wohlwollend und sah dabei liebevoll zu mir hinunter.

»Können wir da drüben weiterlaufen?«, fragte ich hoffnungsvoll und wies mit ausgestrecktem Finger auf den entgegengesetzt verlaufenden Menschenstrom.

Daraufhin sah mich mein Vater mit schelmischem Grinsen an, so als würde auch er die eingefahrene Situation wie ein lästiges Ritual empfinden und als hätte ich soeben den Stein der Weisen entdeckt.

Es folgten die magischen Worte, welche mich bis zum heutigen Tag prägen und definieren sollten: »Ja, meine Tochter. Du hast alles, was im Leben relevant ist, begriffen. Selbstverständlich können wir gegen den Strom weitergehen.«

Ich sah den Stolz in seinen Augen, hörte ihn in seiner Stimme. Natürlich würden wir mehr Zeit brauchen, um unser Ziel zu erreichen, doch das war ihm in dem Moment egal. Seine Tochter hatte Charakter bewiesen, darauf kam es ihm an. Ich wiederum erfuhr an der Stelle einen unvergessenen Rückenwind.

Mein Vater war und ist eben auch ein bisschen Apo-68er, also Anti-Norm-Mensch und Freigeist, der schon mit uns zweijährigen Kindern auf Augenhöhe über Politik gesprochen hat und für den ein Auto von Anfang an ein Auto war und eben kein „Brum-Brum". Dazu passte meine dänische Mutter, die anfangs noch kein Deutsch sprach, weshalb Dänisch zu meiner ersten Muttersprache wurde. Sie war eine elegante nordische Protestantin und als Textilingenieurin eine Akademikerin. Studiert in Kopenhagen, lernte sie dort auch meinen Vater kennen. Es folgte die Eheschließung und der Umzug nach Deutschland, wo sie meinem zwei Jahre älteren Bruder Nils, meinem Zwillingsbruder Lars und mir das Leben schenkte. Nils – ein schönes, dunkelhaariges Kind und außerdem ein toller, lieber Mensch –, der die Schule dank seiner Intelligenz quasi im Vorbeigehen als Klassenprimus gemeistert hat, wurde außerdem schon früh ein passionierter Surfer. Lars hingegen war ein typisch dänischer, weißblonder Junge, ansonsten aber von ebenso tollem, liebem Charakter und so schön anzuschauen wie Nils.

Während ich in Köln schließlich das Elisabeth-von-Thüringen-Gymnasium besuchte, gingen meine Brüder ins dortige Schiller-Gymnasium. In der zehnten Klasse angelangt, schickten die Eltern uns entsprechend zeitversetzt nach Amerika, um unser Englisch aufzupimpen. Das erste Mal so richtig von zu Hause weg, das war schon cool. Bei unserer Rückkehr fiel besonders Nils durch seine in den USA gerade mega angesagten Schachbrett-Vans auf, was ihn alleine schon zum Star der Schule gemacht hätte. Darüber hinaus hatten wir aber auch ein Haus in Holland, und für einen Wochenendtrip dorthin holte uns Papa mit einem großfamilientauglichen Citröen „Break" direkt vom Gymnasium ab. Das Besondere dabei war nicht etwa besagter Franzose, sondern die fünf neonfarbenen Surfboards nebst Zubehör auf dem Dachgepäckträger, welche uns in den Augen der Schülerschaft zu Rockstars machten. Man darf nicht vergessen, Surfen war damals gerade extremst angesagt.

Schule als solches fand ich jetzt nicht so wirklich geil. Viel lieber genoss ich die wundervolle Kindheit in unserem schönen Haus in Lindenthal, einem linksrheinischen Stadtteil von Köln nahe der Decksteiner Mühle, wo die Oberschicht zu Hause war. Tatsächlich hatte jener illustre Biergarten „Decksteiner Mühle" neben einem Mühlrad auch ein Rapunzelchen-Zimmer im märchenhaften Türmchen des Hauses zu bieten. Was wollte ein Mädchenherz mehr?! Meines einiges mehr und so habe ich zum Beispiel Hockey gespielt, Ballett getanzt oder ich bin geritten. Dank meiner

Eltern hatte ich alle Möglichkeiten, mich zu entfalten und weiterzuentwickeln. Es war geradezu perfekt.

Oft zu Besuch war mein Großvater, ein renommierter dänischer Maler namens Helge Rasmussen, der insbesondere für seine Schiffsmalerei bekannt ist. Eine sehr angenehme Persönlichkeit, welche für mich die weite, grenzenlose Welt repräsentierte. Er lebte in den USA, hatte zeitweise aber auch bei einem Enkel des französischen Malers Paul Gauguin auf Tahiti gelebt. Wir waren uns sehr nahe.

Fakt war aber auch, dass ich aus einem nahezu perfekten Haushalt kam, mit Brüdern, die super in der Schule waren und von denen der ältere Nils – Schwarm aller Mädchen auf dem Schiller-Gymnasium – sein Abitur bereits mit 17 Jahren absolvierte und ein Doppelstudium hinlegte, um direkt von der Uni abgeworben zu werden. Und nicht nur er war eine Koryphäe im Surfen, auch mein Zwillingsbruder Lars schaffte es damals bis in den Kader der Weltsurfer neben Stars wie dem 42-fachen dänisch-niederländischen Weltmeister Björn Dunkerbeck oder dem mehrfachen Weltmeister aus den USA, Robby Naish. Natürlich zogen meine erfolgreichen und blendend aussehenden Brüder weitere schöne Menschen an. Genauso wie meine Mutter, die von ebenso kühler wie anmutiger Eleganz geprägt ganz Dame war. Mein Vater, charismatisch und intellektuell wie er war, reihte sich da nahtlos ein. Schönheit und Stilsicherheit spiegelten sich in allen Lebensbereichen wider, bis hin zum Interieur mit Macumba Lampen oder den Bauhaus-Einflüssen eines Marcel Breuer. Einfach alles war vom Feinsten.

Ich denke schon, dass dieser Sinn für Schönheit, Eleganz und Perfektion einfach auf mich übergehen musste. Auf der anderen Seite kollidierte genau das mit meiner Anti-Norm-Haltung, befeuerte und verstärkte diese wahrscheinlich noch.

Auch dazu gab mein Vater mir einen Leitspruch mit auf den Weg, den ich aus gutem Grund niemals vergessen sollte: »Sarah, 90 Prozent der Menschen sind Arschlöcher, Schubladendenker und Herdentiere.«

Tausend Dank für diese Worte, Papa, an die ich mich seither immer wieder gerne erinnert habe. Dank deiner Worte habe ich mich bestätigt und selbstsicher in meinem Anderssein fühlen dürfen.

Ich muss gestehen, dass meine Entscheidungen auf dem Weg zur Selbstfindung mitunter harte Belastungsproben für meine Eltern mit sich brachten. Den Vogel schoss ich wohl mit meinem ersten festen Freund ab, dem Bassisten einer Rockband. Ich zählte erst 14 Lenze, er hatte schon 16 Jahre auf dem Buckel. Ästhetisch betrachtet war er der genaue Gegenentwurf zu meinem gewohnten Umfeld. Davon durfte sich als erste meine arme Mutter überzeugen, als es eines schönen Tages an der Haustür schellte.

Wie sich das für eine liebende Tochter gehört, tat ich natürlich mein Bestes, um ihr den größten Kulturschock zu ersparen, indem ich sie zuckersüß auf das nun Folgende vorbereiten wollte: »Mama, nicht erschrecken, da kommt gleich einer. Bitte fall‘ nicht um und lass die Teller nicht fallen. Der sieht ein bisschen krass aus, aber der ist voll nett …«

Vermutlich hätte ich sagen können, was ich wollte, der nahen Katastrophe hätte ich rein gar nichts entgegensetzen können. Denn was meiner an sich hartgesottenen Mama dann gegenüberstand, sah aus wie der zerfledderte Zwillingsbruder von Billy Idol: weißblond gefärbte Matte, spitze Stiefeletten im London-Style, enge schwarze Jeans und schwarze Lederjacke, dazu eine Kippe im Maul.

Zu allem Überfluss gesellte sich zum Outfit noch eine lässig formlose Frage, wobei sich der Besucher nicht einmal jetzt die Mühe machte, seine Zigarette in die Hand zu nehmen: »Ist die Sarah da? Hi.«

Wie nicht anders zu erwarten, entglitten meiner Mutter die Gesichtszüge, sprachlos und gelähmt vor Entsetzen. Nur gut, dass sie kein Geschirr in der Hand hielt.

Und das sollte erst der Anfang dieser Odyssee sein. Wie an einer Perlenschnur folgte Experiment auf Experiment: schräg, schrill, bizarr. Sehr zum Leidwesen meiner Eltern, wie man sich vorstellen kann. Ich ließ mir einen „Undercut" schneiden, bürstete hoch und sprayte, was das Zeug hielt. Ich trug Fischnetz-Stockings und hing nur noch im Proberaum der spätpubertierenden Rockband ab. Das alles war für mich neu, aufregend und sexy. Vor allem, weil mein Freund keiner Norm entsprach. Er las Bücher von Bukowski, war seinen Altersgenossen intellektuell weit voraus.

Derweil herrschte bei meinen Eltern Alarmstufe Rot. Für sie waren Musiker gleichbedeutend mit Drogen. Und sie hatten allen Grund, besorgt zu sein. Denn kaum hatte ich den Billy-Idol-Verschnitt als meinen festen Freund präsentiert, machte es auch schon „ding-dong" an der Haustür und Vertreter der Staatsmacht nahmen die geliebte Tochter für eine Aussage mit aufs Revier. Das brachte das Fass zum Überlaufen. Vor diesem Umfeld musste ich selbstredend unter allen Umständen geschützt werden, notfalls auch gegen meinen Willen. Schlussendlich zogen meine Eltern die Reißleine, indem sie mich gleich ganz aus Deutschland evakuierten.

Mit 15 Jahren wurde ich kurzerhand zu meinem Onkel und meiner Tante nach Daytona Beach in Florida ausgeflogen. Sie eine wunderschöne und temperamentvolle Latina aus Kolumbien, er ein US-Marine und entsprechend streng. Fortan ging ich also auf die Seabreeze High School, was genauso cool klingt, wie es dann auch war. Nichtsdestotrotz ließ ich unverändert die Pippi Langstrumpf heraushängen, machte mir die Welt, wie sie mir gefiel. Der Schule blieb ich gerne auch mal fern, sonnte mich lieber mit Freunden am Meer, genoss das unbeschwerte Leben.

Klasse war bei alldem auch, dass mein geliebter Opa während meiner Zeit in Übersee dort lebte.

Mit beinahe 16 Jahren stand dann die Führerscheinprüfung an, was in den Staaten, zumindest im Florida jener Zeit, recht stressfrei ablief.

Mit meinem Onkel auf dem Beifahrersitz war ich am Steuer seines Cadillacs einige Male um die Ecke gefahren. Anschließend ging es mit eben diesem Cadillac auch zur Fahrprüfung, wo sich eine schwarze „Big Mama“ meiner in aller Seelenruhe annahm.

»Okay, well, now make your three-point-turn«, hieß es schließlich.

Aus der Drei-Punkt-Wende wurde zwar eine Acht-Punkt-Wende, aber die erhofften Worte fielen dennoch: »You got it, babe.«

Natürlich musste man auch in Daytona Beach für die Theorie büffeln, aber dafür tat ich es gerne, schließlich hatte ich ein persönliches Ziel vor Augen. Dazu noch 20 Dollar und der Lappen war meiner.

Von nun an würden Streets, Avenues und Highways nicht mehr vor mir sicher sein. Meine Welt war wieder ein ganzes Stück größer geworden. Es zeigte sich einmal mehr, dass ich leistungswillig und erfolgreich sein konnte, wann immer ich es wollte.

Mit meiner Zielstrebigkeit würde ich künftig souverän Contests als Model oder Auswahltests als Moderatorin für mich entscheiden. Zu Ehren meiner Eltern muss ich aber ausdrücklich feststellen, dass sie die Weichen für mein späteres berufliches Leben gestellt haben – einfach durch ihre künstlerische Kreativität im Allgemeinen, Sinn und Fertigkeiten in Mode und Design im Besonderen. Ich erinnere mich noch gut daran, wie ich als Kind begeistert in Prinzessinen-Tütü-Kleidern flaniert habe – draußen im Sturmwind!

In solchen Fällen musste mein Vater mantraartig Partei für mich ergreifen: »Na, dann lass sie doch!«

Ich war nie angezogen wie andere Kinder meines Alters, sondern immer mit deutlich mehr Chic und Esprit. Auch die Begeisterung für Schmuck setzte früh ein. Mit 14 Jahren gehörten Lippenstift und Eyeliner bereits zu meinem unentbehrlichen Handwerkszeug.

Auf einem Elternabend bekam meine Mutter vom Klassenlehrer dann auch prompt folgenden Satz zu hören: »Also, Frau Reismann, wenn Ihre Tochter so viel Zeit ins Lernen investieren würde, wie sie morgens fürs Stylen, Make-Up und Klamotten aufwendet, dann wäre sie eine Einser-Schülerin.«

Meine Mutter wiederum, ihrerseits nicht auf den Mund gefallen, antwortete darauf schnippisch: »Also das glaube ich nicht so ganz, meine Tochter braucht nie länger als zehn Minuten dafür.«

Und wirklich, bis zum heutigen Tag geht es bei mir ratzfatz. Selbst bei der Kleidung bin ich keine Frau, die viel Zeit aufwendet. Kurzer Blick, zugegriffen, gut is'. Damals mit 14 war der geringe Zeitaufwand allerdings eine größere Leistung. Da war Edel-Punk angesagt, in etwa wie Madonna in „Like a virgin", mit Unmengen an umgehängten Kruzifixen und stylisch zerfetzten Klamotten. Angesichts schwarz gefärbter Haare und selbst gestochener Ohrlöcher war die Toleranz meiner, sich für mich schämenden, Eltern irgendwann nicht mehr nur arg strapaziert, sondern deutlich überstrapaziert. Von meiner Mutter, die selbst aus einer sehr konservativen Familie stammte, setzte es final eine schallende Ohrfeige. Aber ein Nein akzeptierte ich grundsätzlich nicht mehr. Zur Strafe in mein Zimmer verbannt zu werden, bedeutete für mich lediglich, alternativ aus dem Fenster zu klettern.

Es kam, wie schon geschildert, zu meinem verordneten Exil in Florida. Wenn ich zu jener Zeit schon gewusst hätte, was das für mich bedeuten würde, ich hätte meine Eltern noch mehr geliebt – obwohl, noch mehr als ich es eh schon tat, das wäre gar nicht möglich gewesen. Mit ihrer ganz individuellen Art waren sie schon immer meine strahlenden Helden gewesen und blieben es auch.

Das zweite Leben der Sarah Kern: Schicksalhafter Weg in die Modelkarriere

Was meine berufliche Karriere als Model betrifft, so kam ich in etwa dazu, wie die Jungfrau zum Kind. Nach wie vor auf der Highschool in Daytona Beach, weilte ich gerade zu Besuch bei meinen Eltern in Düsseldorf, wo mein Vater das Haus für einen Freund gebaut hatte. Aus diesem Anlass gab dieser ein Diner. Unter den geladenen Gästen war auch ein Ehepaar, das sich besonders angeregt mit meinen Eltern unterhielt. Der Mann zeigte sich auch sehr begeistert von mir. Wie sich schnell herausstellte, hatte es etwas damit zu tun, dass er ein namhafter Fotograf in Düsseldorf war.

Soweit ich mich erinnere, waren seine Worte an meine Eltern diese: »Also hört mal, eure Tochter ist ja der Wahnsinn. Habt ihr Zeit, morgen um drei?!«

Dann betrachtete er mich eingehend von oben bis unten, als wäre seine Idee schon ausgemachte Sache. »Da kommst du zu „Model Pool“, das ist die angesagteste Modelagentur in NRW.«

Gesagt, getan. Weder ich noch meine Eltern sahen einen Grund, den Termin nicht wahrzunehmen. Am nächsten Tag betraten mein Fürsprecher und ich das Agenturbüro, während meine Mutter unten wartete. Meine Sedcard mit Daten und professionellen Fotos wurde erstellt, und von da an entwickelte ich mich recht schnell zu einem begehrten Model, das am Tag 10.000 Mark verdienen konnte – zur damaligen Zeit ein Topniveau. Ich bekam sogar Jobs in

Amerika, was für Katalog-Shootings eher ungewöhnlich war und mir bei meinem Zeitmanagement mit der Schule half. Es ging nach Phoenix in Arizona, nach Miami in Florida und so weiter, zwischendrin auch mal nach NRW – Essen-Kettwig und so –, immerhin saß meine Agentur ja in Düsseldorf. Schnell hatte ich Blut geleckt und wollte mehr. In Höhe meines Solarplexus spürte ich es genau: Da draußen wartete viel mehr auf mich, und die Routine begann mich zu langweilen.

Mit meinen 16 Jahren brach ich abrupt die Schule ab, sehr zum Leidwesen meines Vaters, der das Abitur sehen wollte. Beide begannen wir Standpunkte und Argumente auszutauschen, wie ich es dank seiner Erziehung gelernt hatte. Und einem guten Wortgefecht mit einleuchtender Argumentation hätte er sich nie verschlossen, selbst zähneknirschend nicht.

»Papa, was verdient man denn als Akademiker? Was kriegt denn so ein Rechtsanwalt?«, führte ich die Berufsgruppe an, mit der ich bislang am ehesten geliebäugelt hatte.

Kein Wunder, als ein Doppelschütze, der von Natur aus sehr gerechtigkeitsliebend und ehrlich ist.

Natürlich macht Erfahrung bekanntlich klug.

Mittlerweile weiß ich nur zu genau, dass Justiz und Gerichtsurteile nicht zwingend etwas mit Gerechtigkeit zu tun haben.

»Na ja, ein halbwegs guter Anwalt bestimmt so um die 100.000 Mark im Jahr«, trumpfte er siegesgewiss auf.

»Du, Papa, das reicht mir nicht. Ich mache mehr, vertrau' mir. Ich mache jetzt Millionen mit Modeln, don't you worry. Da fällt mir schon was ein.«

Er sah mich eindringlich an, um mir letztlich dann doch meinen Willen zu lassen: »Ja gut, Kind, wenn du das jetzt sagst, was soll ich machen. Du hast dein Leben lang eh immer gemacht, was du wolltest.«

Ich weiß, ich weiß, meine Argumente waren alles andere als fundiert und vertrauenerweckend. Aber mein Vater kannte jede Schraube in meinem Kopf, wusste aus dem Effeff, wie ich ticke. Und er hatte mir in die Augen geschaut, darin den unbedingten Willen erkannt. Damit hatte ich seinen Segen errungen, nicht mit Argumenten.

Mein Weg führte mich nach Mailand. Nur, Milano fand ich als Model ganz schrecklich. Mit gerade einmal 16 Jahren wohnte ich in einer Model-WG und musste erkennen, dass der Weg zur Karriere dort scheinbar nur durch die Betten von Fotografen, Modelscouts und Agenturkunden führte. Dabei gehörte meine dortige Agentur zu den sehr guten, war in meinen Augen aber nichtsdestotrotz auch verdorben und korrupt. So wurde vorausgesetzt, dass Models unter Vertrag auch für „gesellige" Abendessen mit Klienten bereitstanden. Das mutete schon wie ein schmuddeliger Hostessenservice an. Neue Blondinen unter 18 Jahren sorgten besonders zeitnah dafür, dass die Stretch-Limos reicher Säcke vor dem Haus unserer Model-WG vorfuhren, weil die „Herren" sich von der Agentur offensichtlich über neues „Frischfleisch" informieren ließen. Bei dem Andrang musste ich keine Hellseherin sein, um zu verstehen, dass lukrative Nebeneinnahmen in Form von Vermittlungsprovisionen flossen. Aus erster Hand erfuhr ich, dass einzelne Mädchen mit den Klienten ins Bett gingen. Eine blutjunge

US-Amerikanerin erzählte mir, wie es mit einem alten Mann aus dem Restaurant direkt ins Hotelzimmer gegangen war – für lieblosen, schnellen Sex.

»Warum hast du das mitgemacht?«, wollte ich verständnislos wissen.

»Von irgendwas muss ich ja leben«, bekam ich zu hören.

Das gab mir in doppelter Hinsicht zu denken. Zunächst einmal: Wo bestand da der Unterschied zwischen Model und Hure? Und für die Agentur war es in jedem Fall ein einträgliches Geschäftsmodell, selbst wenn ihr Model zu wenig Aufträge erhielt und deshalb knapp bei Kasse war. Anscheinend hielt man das Hotel-Szenario als vermeintliche Lösung parat.

Auch Drogen gehörten zum „Spiel“, standen auf sogenannten Model-Partys von und für Männer der guten Gesellschaft – mit Geld bis zum Abwinken – auf fetten Tellern bereit. Schampus und Koks waren keine Ausnahme, sondern die Regel.

Selbst die „Bullen“ auf der Straße pfiffen einem respektlos hinterher und ließen den Gockel heraushängen: »Ciao bionda«, bla, bla, bla, rhabarber, rhabarber. Irgendwann konnte ich den Scheiß nicht mehr hören.

Schon etwa ein halbes Jahr lebte ich als Model in Mailand und hielt mich so gut es ging von den Untiefen des Geschäftes fern. Es blieb aber nicht aus, hin und wieder auch ins Restaurant eingeladen zu werden und Konversation mit Agenturpartnern zu betreiben. Ein Mann namens Dino, Italiener aus Mailand, saß bei einer Gelegenheit am vollbesetzten Tisch direkt neben mir und war angetan. Sympathisch fand ich ihn durchaus auch. Trotzdem machte ich aus meiner Einstellung keinen Hehl und schlug ihm frech lachend vor, sich für den späteren Abend besser an die anderen Mädchen zu halten.

»Ich will gar nichts von dir, du freche Dänin, du. Ich habe da auch meine klare Einstellung. Aber ich finde dich witzig, du hast Charakter. Ich werde dich beschützen.«

Und mit wohlwollendem Grinsen ergänzte er: »Wenn ich dich nicht haben darf, darf dich auch kein anderer verspeisen. - Komm doch morgen zu mir, ich gebe eine Party. Du wirst es mögen. Was hältst du davon?«

Etwas an seiner offenen Art und dem charmanten Humor sagte mir, ich konnte ihm vertrauen. Auch lud er die übrigen Models am Tisch nicht ein, obwohl er mit denen auf Wunsch leichtes Spiel gehabt hätte. Ja, ich war bereit, den kleinen Italiener am nächsten Tag zu besuchen.

Die Gasse lag in einem alten Teil der Innenstadt. Sie war ungewöhnlich breit und wirkte mit dem alten Mauerwerk der Fassaden und den gusseisernen Straßenlaternen auf romantische Art düster. Zudem war die Sonne bereits untergegangen, was erheblich zu der Stimmung beitrug.

Wo hatte sich bloß die gesuchte Hausnummer versteckt? Sollte etwa jenes auffällige „Scheunentor" dazugehören? Und wirklich, so war es.

Nicht schäbig, aber auch nicht gerade ein herrschaftliches Eingangsportal. Ich hatte etwas anderes erwartet und haderte, zumal die gesamte Häuserfront keinen Glanz verströmte. Anstatt einer Klingel, die ich vergeblich suchte, gab es einen Metallstab, der durch Ziehen einen Mechanismus auslöste.

Weil mir das befremdlich vorkam, klopfte ich zur Sicherheit auch gegen das massive Holz.

Kurz darauf wurde das Portal geöffnet, und die noch junge Stéphanie von Monaco stand mir gegenüber. Ein kurzes »Salut!« und »Au revoir!«, und sie spazierte in der Gasse davon. Sieh an, so falsch konnte ich wohl doch nicht sein und trat ein in eine andere Welt, irgendwo zwischen Kitschroman und Walt-Disney-Märchen. Nach links oder rechts? Beide Richtungen bot mir der Kiesweg im üppig begrünten Innenhof an. Ich entschied mich für rechts und passierte einen künstlichen Teich, den ich über eine verspielt surreale Holzbrücke überquerte. Die Krönung des Absurden waren zwei lebende Schwäne inmitten des Gewässers, die einander zugewandt nun auch noch die Hälse zum Herz formten. Mein lieber Mann, Dino, du trägst aber mächtig dick auf, dachte ich noch und was es wohl kostete, eine ganze Hollywood-Filmkulisse nach Italien verfrachten zu lassen. Aber wer weiß, vielleicht hatte er auch nur beste Kontakte zu den Cinecittà Filmstudios in Rom.

Das Haus stand jedenfalls offen, und ich fand mich schnell inmitten eines rauschenden Festes mit sexy Schönheiten und auch sonst allem wieder, was gewöhnlich eine Model-Party ausmachte.

Was für ein Kontrast zum Straßenbild, wie in einem Fellini-Film. Die Einrichtung war geschmackvoll und gediegen, überall namhafte Fotokunst. Bei anderen Gästen, die offensichtlich selber fremd waren aber dennoch zwanglos ihrer Langeweile bekämpften, fragte ich nach dem Gastgeber. Alle wussten nichts Genaues. Zwei Etagen hatte das Haus außer dem Erdgeschoss, also begann meine Suche.

»Dino!«, rief ich immer wieder.

Wenn ich schon einmal vor Ort war, wollte ich den Hausherrn auch sehen. Mit den oberflächlichen Weibern im Erdgeschoss wollte ich mich keinesfalls begnügen, da wäre ich lieber wieder gegangen. Verdammt nochmal, wo war er! Wie ich während meiner Entdeckungstour herausfand, gab es auch noch ein abgedunkeltes Kellergeschoss, das nichts anderes war als eine Schwimmhalle – aber ohne Dino. Am Ende zählte ich im Ganzen sogar vier Kellergeschosse. Nicht zu glauben, wer nannte denn so etwas sein Eigen? Das war ja tiefer als die Moskauer Metro! Zwar fand ich keine monumentale Palastarchitektur oder prunkvollen Gewölbe mit Kronleuchtern vor, dafür aber eine Tennishalle. Und siehe da, Dino und ein prominentes Supermodel ließen gerade ihre Tennisschläger kreisen.

Er freute sich, mich zu sehen und unterbrach die Partie für eine angeregte Unterhaltung. Auf einer Treppenstufe nahe der Tennishalle sitzend, erzählten wir beide von unserem Leben, und er bekräftigte sein Versprechen, während meiner Zeit in Italien auf mich aufpassen zu wollen. Dieser Mann begegnete mir ohne Hintergedanken, nur auf Grundlage von Sympathie und Respekt. In Mailand blieb er für mich die einzige Persönlichkeit von Format.

Schon bald sollte ich wieder vor einer schwerwiegenden Entscheidung stehen, während des nachmittäglichen Castings in einem Hotel nämlich – was sich so Casting nannte. Wie die sprichwörtlichen Hühner auf der Stange, so saßen dort richtige Prachtweiber und eben auch ich im improvisierten Vorzimmer und warteten. Eine nach der anderen wurden wir zum Gespräch hereingerufen. Als ich an der Reihe war, erwartete mich der Inhaber einer der namhaftesten Pariser Modelagenturen – nur mit einem Bademantel bekleidet auf dem Bett liegend, zu seiner Linken ein Teller mit Koks.

Mit französischem Akzent sprach er lasziv die Worte: »Ah, petit Sarah. I make you a Megastar, if you fly with me tomorrow to Paris …«

Es war ein sehr kurzer Moment der Entscheidung, bevor ich ihm aus voller Überzeugung mitteilte, dass ich ihn weder ficken noch mit ihm nach Paris fliegen würde. Er war nicht eben amüsiert, klagte mich vielmehr entrüstet an, was ich mir wohl einbilden würde, er hätte schließlich schon … – kurz gesagt, es folgte eine Aufzählung derer, die angeblich schon durch sein Bett gerutscht waren. Eine zugegeben beeindruckende Anhäufung weiblicher Promis, sofern es der Wahrheit entsprach. Wie auch immer, ich würde jedenfalls nicht Teil seiner Trophäensammlung werden.

»Wie dumm bist du eigentlich, dass du diese Chance nicht nutzt! Ich mache dich zum Megastar!«, legte er nach.

Und er hätte es wirklich getan, mir zu einer Karriere verholfen, das wurde mir in dem Augenblick klar. Aber wenn nicht in diesem Hotelzimmer, dann hätte ich spätestens in Paris mit ihm schlafen müssen, das war mir genauso klar. So verließ ich dieses Casting der herausfordernden Art unverrichteter Dinge, um stattdessen Kontakt zu einer anderen namhaften Pariser Modelagentur aufzunehmen. Denn nach Paris wollte ich unbedingt, weg aus Mailand. Eine Woche später war klar, ich ziehe nach Paris.

Also rief ich meine Agentur in Düsseldorf an, um die vorgenommene Planänderung mitzuteilen.

Ich war mittlerweile 17 Jahre alt.

Auch in Paris lebte ich in einer Model-WG, pendelte aber regelmäßig zwischen Paris, Düsseldorf und Köln. Düsseldorf, weil ich über „Model Pool“ nach wie vor gut gebucht war, Köln, weil ich nach wie vor gerne bei meinen Eltern wohnte, wenn ich zu Besuch war. Mit 18 Jahren lag mein Lebensmittelpunkt endgültig in Paris. Dort liebte ich es zu wohnen, zu arbeiten, das Leben zu genießen.

Das Schicksal ließ sich etwas Neues und Tiefgreifendes für mich einfallen, als ich 1988 im Alter von 19 Jahren gerade im legendären Pariser Nachtclub „Les Bains Douches“ – kurz das „Les Bains“ – saß, wo ich in mehreren Modenschauen für den renommierten deutschen Modeschöpfer und -designer Otto Kern lief. Die Marke war sehr en vogue. Nachrichtensprecherinnen trugen seine Entwürfe, die Dame von Welt zumindest die Hosen. Sein Gesicht war hingegen weniger präsent, weil er in der Öffentlichkeit selten in Erscheinung trat und die Presse weitgehend mied. Aber das nur zum besseren Verständnis. Nach einer Schau saß ich also in der unteren Etage auf der VIP-Couch, zwischen den französischen Modeschöpfern Claude Montana und Jean Paul Gaultier. Nun hatte man von besagter Couch aus einen direkten Blick auf die hinauf- beziehungsweise hinabführende legendäre Treppe des „Les Bains“. Unübersehbar stand dort oben – noch nahe der Eingangstür und sich unentschlossen durchs Haar streichend – ein Bild von einem Mann. Schwarzer Yamamoto Blazer, schwarzes enges T-

Shirt und eine ebenso schwarze Lederhose, die stellenweise eng genug war, dass es Appetit auf mehr machte.

Ein zweiter Jim Morrison, schoss es mir durch den Kopf.

Und nicht nur ich war entzückt: Die beiden homosexuellen Herren an meiner Seite sprangen geradezu hysterisch auf. »Oh, mon dieu, c'est Ooto!«

Dem Namen „Ooto" schenkte ich keine weitere Beachtung. Aber wow, was ich sicher wusste war, dass mir noch nie in meinem Leben ein so charismatischer Mann über den Weg gelaufen war, wie dieser komplett in Schwarz gekleidete.

Dann kam der Vielbeachtete die Treppe herunter, was wiederum ein atemberaubender Anblick war. Auf Höhe der Couch angekommen, wurde dieser „Ooto" von beiden Modeschöpfern überschwänglich begrüßt. Er parlierte in perfektem Französisch.

»And who are you?«, wandte er sich mir zu.

So lupenrein sein Französisch auch war, seinem Englisch entnahm ich, dass es sich vermutlich um einen deutschen Otto handelte.

»Hey, bist du Deutscher?«, wollte ich es in meiner unbändigen Neugier genau wissen.

»Ja, bin ich. - Und, was machst du hier?«

»Ich laufe für so 'nen deutschen Typen, so 'ne deutsche Marke, „Otto Kern".«

Daraufhin grinste er amüsiert. »Ja, geil, dann sehen wir uns ja morgen, das bin nämlich ich.«

Ja, genau, verarsch' mich doch, fiel mir dazu nur ein. Dabei war ich sogar in Deutschland schon für ihn auf Messen gelaufen, aber eben ohne ein Gesicht dazu. Klar, dass der Groschen bei mir noch zeitnah fiel.

Aber wie schicksalhaft, oder?

Typisch Sarah.

Der weitere Abend verlief noch lustig, und Otto Kern persönlich fuhr mich anschließend nach Hause. Ganz Gentleman, fragte er, ob er mir beim Aufsperren helfen dürfe, worauf ich trotz eines leichten Schwipses erwiderte, dass ich das gerade noch alleine schaffen könne. So trennten sich unsere Wege an diesem Abend, nicht ohne Verabredung für den darauffolgenden Tag.

Zum Abendessen in einem Restaurant wurde ich eigens von seinem Chauffeur abgeholt. Ich erschien am reservierten Tisch, und da saßen sie schon: Otto Kern, acht Leute aus seinem Frankreich-Team und ... ja, und eine hochschwangere Frau genau ihm gegenüber. Ein einziger Platz war noch frei, direkt neben ihm. Heilige Guacamole, dachte ich mir schon kurz darauf, weil der weitere Abend unangenehm zu verlaufen versprach. Otto Kern war mir unübersehbar zugetan, und die Dame in anderen Umständen amüsierte das ganz und gar nicht. Und dann kannte ich sie auch noch – aus dem Fernsehen! Ein Megastar in Frankreich, sie hatte unter anderem mit Louis de Funès in diesen Gendarmen-Filmen mitgespielt. Außerdem strahlte sie überall in Frankreich von den Werbeplakaten einer Zigarettenmarke.

Ein Wiedersehen feierten Otto und ich dann während der nächsten Modemesse in Düsseldorf.

Dort klärte er mich auch darüber auf, dass die Begleiterin aus dem Restaurant in Paris von ihm schwanger war, er jedoch nicht den Wunsch gehabt hätte, Vater zu werden. Außerdem hätte er die Beziehung mangels Liebe bereits für beendet erklärt. Beide wären auch nicht verheiratet. Er legte mir gegenüber außerdem großen Wert darauf, zu betonen, dass er gut zu dem Kind sein würde und es diesem auch finanziell an nichts fehlen würde.

Es sollte kein Lippenbekenntnis bleiben. Otto und ich kamen zusammen, und als der kleine Otto Amadeus schließlich auf die Welt kam, schloss ich diesen zauberhaften Jungen sofort in mein Herz. Jahre später war Otto Amadeus dann auch bei der Geburt meines ersten Kindes dabei. Er gehörte eben genauso zu uns wie Ottos Tochter Candy aus erster Ehe. Wir wurden zu einer tollen Patchworkfamilie.

Das dritte Leben der Sarah Kern: In wilder Ehe mit einem Modekönig

Zunächst ging ich weiter meinem Model-Dasein nach, zumindest versuchte ich es. Ich war ja gebunden an Agenturen in Paris, Mailand und Deutschland. Dieses brachte es mit sich, dass konkrete Angebote für lukrative Jobs hereinflatterten, denn nach wie vor war ich sehr gefragt. Das Prozedere sah vor, dass man täglich einchecken sollte, sprich die Modelagentur anzurufen hatte, um sich nach neuen Castings zu erkundigen. Nur, es kollidierte zwangsläufig mit meinen gesellschaftlichen und zunehmend auch beruflichen Verpflichtungen an der Seite von Otto Kern. Regelmäßig drei Tage in Hongkong, vier Tage in China oder anderswo bedeuteten nun einmal, dass ich nicht mehr auf Abruf bereitstand, geschweige denn, mich tagtäglich mit meinen Agenturen kurzschließen konnte. Otto versuchte mich nach Kräften zu unterstützen, ließ hilfreiche Flüge für mich buchen oder stellte das eine oder andere Mal einen Privatjet zur Verfügung. Gut fühlte ich mich dabei nicht, denn immer wieder überstiegen die verursachten Kosten selbst meine Gagen. Aus dieser Situation heraus überzeugte er mich, die Modelkarriere gleich ganz an den Nagel zu hängen. Er tat es aus reinem Pragmatismus, nicht aus egoistischen Erwägungen. Für mich war es ein Opfer, das sich als Geschenk herausstellen sollte, denn es wartete ein intensives Gestalten und Wirken hinter den Kulissen, anstelle des Agierens vor Kameras und auf Catwalks – mein nächster großer Schritt.

Otto Kern war zwar ein deutscher Modeschöpfer und Designer, aber eben auch ein durch und durch frankophiler Mensch, der seit seinem 20. Lebensjahr in Frankreich lebte. Zu Deutschland empfand er keine Bindung in Kultur und Mentalität, pflegte auch nur wenige Freundschaften zu Deutschen. Es entsprach ihm ganz einfach nicht. Bezeichnend war, dass auf seiner Visitenkarte folgende Standorte angegeben waren: Chateau de Villers in der Normandie, Saint-Germain-des-Prés in Paris, die Karibikinsel Saint-Barthélemy und schließlich noch Kaiserslautern. Was würdet Ihr denn sagen, klingt davon am wenigsten sexy? Ich denke, wir sind uns da einig, und so wird es auch nicht verwundern, dass sich in Kaiserslautern lediglich eine selten genutzte, einfache Geschäftswohnung befand. Als Familie lebten wir andernorts in großartigen Häusern oder auf Anwesen. Selbst um das deutsche Who's Who machte Otto bis auf wenige Ausnahmen soweit möglich einen Bogen. Es bedeutete ihm nichts.

Wie besagte Visitenkarte schon vermuten lässt, über das Wohnen mussten wir uns an sich keine Gedanken machen. Als Liebhaber Frankreichs hatte Otto neben einem wunderschönen Landgut bei Deauville in der Normandie – ein typisches Manoir mit Fachwerk – noch ein Wahnsinnshaus im eleganten Pariser Stadtteil Saint-Germain-des-Prés. Dort fühlte ich mich von Anfang an wie im Märchen „Die Schöne und das Biest", in dem die Protagonistin durch enge Gassen über Kopfsteinpflaster wandelt und von den Bewohnern freudig singend mit „Bonjour, Madame!" begrüßt wird. Ich liebte das „Café de Flore" oder das „Les Deux Magots" mit den klassisch filigranen Brasserie-Stühlen. Bereits ab den

1920er Jahren hatte sich das Viertel mit seinen einschlägigen Cafés zum Treffpunkt für Philosophen, Künstler, Filmschaffende und Intellektuelle entwickelt. Kam ich aus der Haustür, schaute ich direkt auf die prachtvolle romanische Kirche und einstige Abtei Saint-Germain-des-Prés, die älteste in Paris. Unser Stadtpalais, ein vierstöckiges Haus mit Pool im ältesten Keller des Bezirks, lud seinerseits zum Träumen ein und beflügelte meine Fantasie.

Als mein Sohn O. J. in der angesehenen Pariser Clinic Belvedere im Bois de Boulogne zur Welt kam, wäre eine Verwechslung absolut nicht möglich gewesen, denn er war das einzige weißblonde Kind unter dunkelhaarigen Orientalen – vermutlich ließen die Petrodollar grüßen. Aber darüber machte ich mir keine weiteren Gedanken. Ich war 24 Jahre alt und voller Tatendrang. Dass mein Kleiner zwei Wochen zu früh gekommen war, interessierte mich genauso wenig, wie die Existenz von Hebammen, die ich nie in Anspruch genommen habe. Mein Sprössling verschaffte mir beste Hormone und eine Lebensfreude, dass es eine Pracht war. Auch schon vor der Geburt, weshalb ich hochschwanger noch die elegante Tante in Kopenhagen hatte besuchen können.

Stundenlanges Flanieren durch den Louvre war ebenso problemlos möglich gewesen. Im Café hatten Männer weiterhin gerne mit mir geflirtet. Erst beim Aufstehen, wenn ich meine erstaunlich kleine aber dennoch unübersehbare Kugel zur Schau gestellt habe, hatten sich die Herren unter dem Gelächter meiner mich oft begleitenden Mutter peinlich berührt zurückgezogen.

Na jedenfalls hielt mich am vierten Tag nichts mehr in der Klinik. Ich nahm meinen kleinen Sohn in den Arm – an einen Kinderwagen hatte ich keinen Gedanken verschwendet – und erreichte schließlich mein geliebtes Saint-Germain-des-Prés. Es war Hochsommer und heiß, seine kleinen nackten Füßchen baumelten frei herunter.

Und schon ging es wieder los: »Bonjour, Madame!«

Angesichts des neuen Erdenmenschen mit seinen blauen Äuglein und ersten Ansätzen eines Lächelns klang der warmherzige Gruß umso verzückter. An der freundlichen Wesensart unseres kleinen Prinzen sollte sich nichts ändern, er begeisterte Otto und mich künftig immer wird aufs Neue. Und er war ein echter „Kern", das war schon recht früh nicht zu leugnen. Mit zwei Jahren bestand er auf schicke Garderobe, saß mit Goldknopf-Blazer am Tisch, beherrschte Messer und Gabel, schlürfte genüsslich Austern. Mit seinen vollen roten Lippen und den weißblonden Haaren hätte man ihn auf Leinwand bannen mögen. Bemerkenswert war auch, dass O. J. die Gesellschaft von Erwachsenen schon als ganz kleiner Junge mehr genoss als die von Kindern. Mit drei Jahren konnte er bereits problemlos mitreden. Wenn wir bei uns zu Hause waren und ihm das Mehrgängemenü oder die Gespräche mit Gästen doch einmal zu lang wurden, kurvte unser Sohn mit seinem Dreirad durch Gänge, Räume und Küche des Schlosses, tauchte aber immer zwischendurch auf, um auch ja nichts zu verpassen.

Ich hatte andauernd das Bedürfnis, dieses schöne Kind zu küssen, tat es vermutlich auch recht häufig, jedenfalls stellte Otto eines Tages pikiert fest: »Nun übertreib mal nicht, am Ende wird er noch schwul oder was.«

Aber was sollte ich machen, ich liebte ihn abgöttisch, konnte nicht erwarten, dass er im Vierstundentakt aus dem Schlaf erwachte und mich anlächelte. Im Chateau waren die Wege lang, außerdem hatten wir ein Kindermädchen. Egal, ich bewachte nachts persönlich seinen Schlaf, war bei ihm, wenn er Hunger bekam, um ihm das Fläschchen zu machen. Später fuhr ich ihn auch selbst zum Kindergarten und holte ihn wieder ab. Das Personal wurde für mich diesbezüglich nur wichtig, wenn Otto und ich gesellschaftliche Verpflichtungen wahrnehmen mussten. Vom ersten Tag an war ich mit Leib und Seele Mutter. Es ging so weit, dass ich mir über Jahre nicht vorstellen konnte, nicht vorstellen wollte, noch ein zweites Kind zu bekommen. Denn wie sollte ich es je so lieben können wie diesen kleinen Engel?

Mit Geburt unseres Sohnes im Jahr 1993 wurde schnell klar, dass uns in dem ansonsten so großartigen Herrenhaus in der Normandie nunmehr Gästezimmer fehlten. Das mag vielleicht merkwürdig anmuten. Dazu muss man aber wissen, dass wir aufgrund unseres gesellschaftlichen Ranges regelmäßig viel Pariser Prominenz zu Gast hatten, zu denen sich noch etliche internationale Gäste gesellten. So kam es, dass Otto mir ein Schloss zeigte, das ebenfalls in der Gemeinde Deauville stand. Nachdem es auch mir gefiel, kaufte er es, und gemeinsam richteten wir es fortan ein. Es wurden Brunnen aus Italien herangeschafft, original venezianische Rubelli-Stoffe für das Interieur ausgewählt. Otto ließ mir freie Hand, auch wenn er sich natürlich mit sicherem Gespür einbrachte. Jedes Zimmer gestaltete ich anders, tobte mich nach Herzenslust aus. Ob Antiquitätengeschäfte, einschlägige Messen oder Veranstaltungen, nichts war vor mir sicher. Deauville hatte auch in dieser Hinsicht viel zu bieten: Altes Silber, alte Kristalle, Kunst aller Art. Hier waren es mal zwei korrespondierende Vasen, dort antike Globen oder eine Kollektion erlesener Schüsseln. Wo Geld keine Rolle spielt, stößt die Kreativität auf keine nennenswerten Grenzen mehr. Das wusste ich zu nutzen und hatte das nötige Talent, es überzeugend zu tun. Selbst die 70 Hektar Land dienten mir als Fundus für Efeuranken und sonstige Pflanzen, um beispielsweise den Esstisch zu dekorieren. Ich agierte derart überzeugend, dass sogar Redakteure von „Architectural Digest“ aufmerksam wurden, einer namhaften Zeitschrift für Inneneinrichtung und Design. Abschließend kann man festhalten: Ich laufe von jeher keinem Trend hinterher, so wie ich tunlichst nicht mit der Herde laufe. Viel lieber setze ich meine eigenen Trends. Manche Menschen sind einfach nicht dafür gemacht, in einem drögen Käfig zu sitzen, ob nun aus Gold oder nicht aus Gold.

Für die Taufe unseres Stammhalters bot unser neues Zuhause eine märchenhafte Kulisse. Eingeladen waren neben annähernd der gesamten Familie aus Deutschland und Dänemark auch der Enkelsohn von Pablo Picasso, Olivier Widmaier Picasso, sowie weitere enge Freunde. Aus dem Pariser Saint-Germain-des-Prés ließen wir eigens eine Pastorin kommen, mit deren Zutun das festliche Ereignis eigentlich an unserem See frei nach Johannes dem Täufer zelebriert werden sollte. Da das Gewässer jedoch kein geweihtes Wasser führte, verlegten wir kurzerhand alles zum Poolhaus. Die ganze Taufgesellschaft war erstaunt und verzückt, als unser O. J. an genau diesem Tag auch seine ersten eigenständigen Schritte machte – im Schlossgarten. Dadurch wurde es erst recht zu einem magischen Tag. Mit seinen 13 Monaten wusste er somit nachweislich schon Gäste zu unterhalten.

So etwas wie meine zweite Bibel war schon damals das Buch „Der Prophet" des Dichters und Philosophen Khalil Gibran. Den Taufpaten bat ich, aus der Rubrik Kindererziehung zu zitieren. So war zu hören, dass ein Kind nicht das Kind der Eltern sei, sondern ein Menschenkind. Eltern hätten die Ehre und das Glück, diesem Menschenkind mit aller Liebe und Geduld die eigene Erfahrung mitzugeben, doch jedes Kind sei ein eigenständiges Individuum. So solle man es auch heranwachsen und gedeihen lassen.

Das sprach mir aus dem Herzen, und ich hielt den Anlass für perfekt, um solche weisen Worte vortragen zu lassen. Es darf nie darum gehen, Kindern die eigenen Wertvorstellungen oder Verfehlungen aufzuzwingen. Auch Andersartigkeit gilt es zu unterstützen, die individuelle Persönlichkeit einschließlich Fähigkeiten und Talente mit Liebe zu fördern.

Natürlich bedeutet das schönste Chateau nichts ohne die Herzenswärme und Fürsorglichkeit liebender Mensch um einen herum. Na klar, es gab Otto und unseren Kleinen. Doch ein Anwesen wie dieses benötigte auch Bedienstete. Und wir hatten mit unserem Personal das ganz große Los gezogen. Da gab es den Koch Patrick mit eigenem Häuschen auf dem Grundstück, dessen Ehefrau Mira Zahnarzthelferin war und zum Wochenende aus Paris angereist kam. Mira liebte ich heiß und innig, sie war meine engste Vertraute. Auch Patrick war ein herzensguter Mensch mit dem Stellenwert eines Vertrauten, einfach klasse, besonders seine unfassbaren Kochkünste. Nicht ohne Grund hatten wir ihn dem „Fouquet's" an der Pariser Champs Elysees abgeworben.

Unsere Gäste, in der Regel höchst anspruchsvoll, prägten nach und nach den Running Gag: „Eigentlich kommen wir ja nur eures Kochs und des guten Essens wegen."

Natürlich war das nur die halbe Wahrheit, denn Otto Kern war ein vollendeter Gastgeber. Aber bezeichnend war es schon, dass Otto, ich, unsere Kinder und eben die Gäste es liebten, bei Patrick in der ebenso gemütlichen wie riesigen Küche mit stattlichem Kamin zu essen. Dort gab es einen rustikalen Holztisch, an dem auf dazu passenden Holzbänkchen problemlos zwölf Leute Platz fanden. Und wenn man sich dazu noch die Düfte von frischen Kräutern, aromatischen Suppen oder herzhaften Fleischgerichten vorstellt, welche den Appetit anregten ... – und erst das Kosten zwischendurch.

Die Beziehung zu den angestellten Menschen, die so nahe bei und mit einem leben, die man nahezu rund um die Uhr um sich hat, ist eine ganz besondere. Solche Menschen müssen unbedingt vertrauenswürdig sein und in ihrem Job funktionieren, darüber hinaus werden sie aber auch zu Familienmitgliedern, an deren Leben man Anteil nimmt wie auch umgekehrt. Man stelle sich nur mal vor, es wurde bis 6 Uhr morgens durchgefeiert, und da erscheint wie selbstverständlich der Koch auf dem Weg in die Küche, um eine Bouillabaisse-Brühe für den Tag anzusetzen. In so einem

Haushalt schließt das „Private" zwangsläufig auch den Staff ein, schließlich will man sich in den eigenen vier Wänden nicht verstellen müssen oder permanent auf Hochglanz poliert daherkommen.

Auf dem Anwesen führte ein kleiner Weg bis zu einem zauberhaften kleinen Manoir, welcher früher einmal die Brotbäckerei des Schlosses gewesen war und in dem nun Patrick mit seiner Frau wohnte.

»Ach, das hätte ja auch gereicht als Sommerhaus«, hatte meine Mama einmal schelmisch zum Besten gegeben.

Zu diesem hübschen Haus flanierte ich gerne am Wochenende. Mira hat dann immer kleine Teelichter ins Fenster gestellt, und wir redeten über Gott und die Welt, über Literatur, Filme, Musik.

Überhaupt liebte ich die 70 Hektar Land mit allem, was es bot. Schöne Bäume und Wald wohin das Auge blickte, etwa 20 Quellen mit frischem Wasser, ein See – es war ein Refugium der Freiheit.

Bei jedem Wetter war ich draußen, ob barfuß oder in Gummistiefeln. Der kleine Otto Amadeus kam häufig zu Besuch, meine Stieftochter Candy, und dann gab es ja noch meinen O. J. Wir tobten herum, gingen auf Entdeckungstour, grillten Marshmallows über Feuer. Auch Tiere fehlten nicht. Es gab Pferde und Ponys, die wir ritten, Hühner, Gänse und Hasen, die wir fütterten.

Auf einem nahen Tiermarkt kaufte ich regelmäßig Tiere weg, die ansonsten geschlachtet worden wären. Kurios daran war nur, dass wir tatsächlich auch Jagden organisieren mussten.

Ja, ehrlich!

»Madame de châtelaine«, pflegten Nachbarn in regelmäßigen Abständen einzufordern, »könnten Sie wohl Ihre Wildschweine und das Damwild in den Griff bekommen?!«

Berechtigterweise, denn ohne kontrollierten Abschuss richteten diese Tiere beträchtlichen Schaden an Flora und Fauna an. Es lief daraufhin wie folgt ab: Ich informierte Otto, Otto und unser Koch bestellten Jäger, welche wiederum eine Treibjagd organisierten und nebenbei noch für mehrwöchigen Fleischvorrat sorgten. So genügten wir unserer Pflicht als Gutsherren, und das Wildfleisch schmeckte nicht zuletzt dank unseres Kochs exquisit. Gleichwohl machten wir aus solchen Jagdveranstaltungen kein gesellschaftliches Happening. Das Töten von Tieren zu zelebrieren, war für uns ein Tabu.

Ich betrachtete das Anwesen als eine Art natürlichen Disney Park, in dem es ständig Neues zu entdecken gab. Auf den Punkt gebracht hat es jedoch erst mein Sohn mit gerade einmal drei Jahren. Wir beide waren gerade im Wald unterwegs, in einem John Deere „Alligator" Forstwirtschaftsgefährt.

»Maman, arrete le moteur!«, sagte er bestimmt.

Ich hielt an und schaltete den Motor aus. Es herrschte absolute Stille. Ein Hase hoppelte von rechts nach links, Sonnenstrahlen brachen sich durch die dichten Baumkronen Bahn.

»Das hier, nicht wahr Mama, das ist Gott.«

Das aus seinem Mund zu hören, machte mich so unglaublich stolz. Ich war zuvor oft mit ihm in Kirchen gewesen. Es gefiel ihm, und „Jesus" war eines seiner ersten gesprochenen Worte.

»Mein Sohn, du hast alles verstanden, was im Leben wichtig ist.«

In meinen eigenen Worten erkannte ich meinen Vater wieder. Auch das war ein sehr schönes Gefühl, zum Weinen schön.

Für gemeinsame Familienaktivitäten mit den Kindern ließ sich mein großer Otto selten begeistern, er hielt sich in aller Regel davon fern. Nichtsdestotrotz war er häufig bei uns und um uns.

Doch zurück zu unserem Personal: Wir beschäftigten auch drei Gärtner, von denen Monsieur Culier mit seiner Ehefrau bei uns lebte, genauer in einem kleinen Manoir am Einfahrtstor. Er war der Hauptgärtner und Herr über ein Gartenhaus, in dem er im Winter Primelchen und vieles andere mehr züchtete. Was ich für das Innendesign war, war Monsieur Culier für die Pflanzenkunst draußen. Mit liebevollem Gespür fürs Detail setzte er jedes Frühjahr aufs Neue Pflanzen im Schriftzug „Chateau de Villers", hegte und pflegte einen formschönen Irrgarten à la „Alice im Wunderland" aus Buchsbäumen oder setzte zwei groß dimensionierte Sternbilder, Ottos und meines, unweit von Irrgarten und See. Auch Kieswegen und einer Orangerie ließ er seine Pflege angedeihen.

Zwischen all dem fand sich auch ein Fitnesscenter und ein Swimmingpool olympischen Ausmaßes, geheizt mit Erdwärme. In benachbarter Orangerie, gleichsam auch Poolhaus, konnte man sich gepflegt abduschen. Außerdem begeisterte ein Hightech-Glasdach, das bei Bedarf aufgefahren werden konnte. Garniert war das Idyll mit Apfelbäumen, Tomaten und noch anderen gesunden Leckereien, selbstverständlich unter Oberaufsicht des Hauptgärtners. Spleenig, wie wir nun mal waren, sprach die Familie Kern auch mit ihren Pflanzen, also zumindest taten das Mama und Sohn. Wir sind bis heute der festen Überzeugung, dass genau aus diesem Grund Obst und Gemüse den besonders vorzüglichen Geschmack hatten. Wen wundert es, dass bei einem produktiven Anwesen dieses Ausmaßes auch eigene Traktoren zum Einsatz kamen. Ein John Deere „Emily" stand bei uns bereit, was mit der größte auf dem Nutzfahrzeuge-Markt jener Zeit war.

Häufig war O. J. mit den Gärtnern unterwegs. Für ihn war es eine Kindheit voller Abenteuer und sinnlichen Erlebens.

Monsieur Culier pflegte gerne zu sagen: »Le jardin c'est ma maitresse«, also »Der Garten ist meine Geliebte«.

Das sagte im Grunde alles aus. Er hatte bereits lange vor uns auf diesem Anwesen gelebt und führte seine Aufgaben als Hauptgärtner bis hin zum Rasenmähen mit absoluter Hingabe aus.

Die Gärtner bauten uns aus eigenem Antrieb auch einen Hühnerstall. Die Eier wurden frisch vom Koch Patrick verarbeitet, zum Beispiel zu Weihnachten im Rahmen gemeinsamer Feste mit unserem Personal.

Ja, wir waren eine große Familie, zu der auch zwei Haushälterinnen und ein Kindermädchen gehörten.

Werfen wir einen Blick auf die Geschichte unseres Chateau de Villers. Ursprünglich hatte es einem Grafen aus dem französischen Adelsgeschlecht der Bourbonen gehört, welches immerhin sieben französische sowie diverse Monarchen anderer europäischer Staaten hervorgebracht hat. Für mich war es extrem wichtig, dass von diesem Schloss eine positive Energie ausging. Und offensichtlich hatte es immer unter einem guten Stern gestanden. Ich habe dort nie Unbehagen oder gar Angst empfunden. Eine wahre Geschichte bekräftigt das:

Zu Schloss und Anwesen gehörte auch eine Grotte, bewohnt von Fledermäusen, die O. J. und ich immer wieder mal aufsuchten. Von dort hatte man im 17. Jahrhundert die Steine für den Bau des Schlosses entnommen. Ein ganzes Grottensystem schloss sich an, das bis zur benachbarten Stadt Lisieux reichte. Verborgen und nahezu unbekannt, war es zu Zeiten der Besetzung der Normandie durch die deutsche Wehrmacht bis hin zur Invasion der Alliierten zum Zufluchtsort der ganz besonderen Art geworden. Fahnenflüchtige deutsche Soldaten waren dort genauso versteckt worden wie französische Soldaten, Zivilisten und auch Juden. Später hatte man deutsche und französische Inschriften gefunden: Danksagungen von Franzosen an Deutsche und von Deutschen an Franzosen. Ein Spirit der Menschlichkeit und Brüderlichkeit, den eben auch unser Schloss atmete. Offensichtlich war selbst der Zweite Weltkrieg ohne Gräueltaten im Chateau de Villers vorübergegangen.

Selbst der Weinkeller des Schlosses, immerhin ein ehemaliges Verlies, ließ mich nicht schaudern. Wäre dort jemals allzu böses am Wirken gewesen, hätte ich ganz sicher auch im Angesicht unserer vorzüglichen Weine Angst verspürt. Aber das war nicht der Fall. Ganz entspannt konnte ich unseren Gästen dort unten aus dem in rotem Leder gebundenen „Grand livre du vine" vorlesen und meine Auswahl kredenzen. - By the way, aus Liebe zum Wein wollte ich sogar einmal die Profession des Sommeliers erlernen, ein Studium für sich, das ich letztlich nicht zu Ende gebracht habe. Doch auch so war ich recht versiert und in meinem Element, zwischen eigens gebauten Weinregalen, die so illustre Namen wie Château Ducru, Château Pétrus oder Chateau d'Yquem beherbergten.

Otto und ich brachten es sogar fertig, Weinkeller und Fledermausgrotte zu kombinieren, indem wir die Weinverkostung mal eben in die Grotte verlegten und dazu eine Kunstmalerin einluden, die live vor Publikum ein Gemälde erschuf. Ob nun wegen der Weine oder der morbide anmutenden Fledermäuse, jedenfalls mündete die Inspiration in ein von roten Farbtönen beherrschtes Werk. Etwas blutig vielleicht, aber die tolle Arbeit einer irre guten Künstlerin. Und es sollte nicht die einzige Veranstaltung dieser Art bleiben.

Künstler und Kreative hatten auch ihren gewichtigen Anteil an der Erschaffung der Themenwelten rund um die Werbekampagnen zur Marke „Otto Kern", was vor allem hinsichtlich der Printmedien bedeutsam war. Ich für meinen Teil wurde die treibende Kraft bei der Einbindung auch sozialkritischer und politischer Themen, um Otto Kern auch auf redaktioneller Ebene in Stern, Spiegel und anderswo ein Forum zu bieten. Dann gab es natürlich das exzellente Kreativteam, welches Otto über Jahre zusammengestellt und geformt hatte. Mit seinem Art Director, dem begnadeten

Fotokünstler Horst Wackerbarth und anderen waren intellektuelle, sensitive Feingeister an Bord. Gemeinsam stürzten wir uns genussvoll in immer neue Schaffensprozesse – jeweils zur Sommer- und Wintersaison. Nach Aufgabe meiner eigenen Modelkarriere wurde ich zum festen Bestandteil. Skripte mit verfassen, Fotoshootings mit koordinieren, am Styling mitarbeiten, ja, einfach auf der anderen Seite der Kamera mitzuwirken, das war genau mein Ding. Auf das kreative Tauziehen habe ich mich immer am meisten gefreut.

Einmal konnten wir die deutsche Welt- und Europameisterin im Hochsprung, Heike Henkel, und das britische Supermodel Naomi Campbell zum Thema Rassismus gewinnen. Bei dem Shooting zeichnete ich erstmals für das Styling verantwortlich, was mir den verbalen Adelsschlag von Naomi eintrug, als sie begeistert ausrief:

»You're the best stylist I've ever seen!«

Ein anderes Mal – es war das Jahr 1997 – wurde der Gaza-Krieg thematisiert und dafür eigens Muna Al-Frangi, Tochter des Generaldelegierten Palästinas und Botschafters in Deutschland Abdallah Al-Frangi, sowie die Sängerin jüdischen Glaubens Jennifer Rush eingeflogen. Das Shooting fand wie so oft auf unserem Anwesen in der Normandie statt, begleitet und kommuniziert von namhaften Printmedien. Doch das sollte längst noch nicht alles sein. Der Botschafter hatte Palästinenserführer Jassir Arafat von unserer Kampagne zur Gaza-Problematik berichtet, der sich höchst interessiert zeigte und das Ehepaar Kern nun auch persönlich kennenlernen wollte. Es folgte eine offizielle Einladung nach Bonn, in die Botschaftsresidenz.

Otto und ich flogen also von Frankreich nach Deutschland. Ein Sicherheitskorridor um die Residenz sorgte für Hubschrauberüberwachung am Himmel und akribische Polizeikontrollen von Fahrzeugen und Insassen am Boden. Es herrschte Sicherheitsstufe eins. Ein untrügliches Zeichen dafür, dass eine wichtige Persönlichkeit eingetroffen war oder erwartet wurde. Ungeachtet dessen nahmen wir unsere Audienz wahr und wurden von dem zauberhaften Botschafter-Ehepaar Frangi begrüßt, beides liebenswerte Persönlichkeiten. Zugegen waren auch Joschka Fischer, Johannes Rau und eine Handvoll weiterer Gäste, dazu die Entourage des Herrn Arafat. Man stellte sich untereinander vor, unterhielt sich angeregt, bis endlich der eigentliche Protagonist eintraf – wie gewohnt mit Palästinensertuch und im Anzug in Anlehnung an eine Uniform. Im weiteren Verlauf sah er zu mir und einigen Mitgliedern seines Gefolges herüber, denen ich aus einer Laune heraus aus den Händen lass. Dazu gehörte auch das Aufzeichnen der Handlinien auf Zigarettenpackungen. Als Nächstes wurde ich zu einem gemeinsamen Foto mit Herrn Arafat gebeten. Kaum war das absolviert, fragte dieser mich, was ich zuvor mit den Händen gemacht hätte. Ich erklärte es ihm und ergänzte augenzwinkernd, dass einer der Herren besonders pragmatisch und sachorientiert wäre und er diesen zu seinem Finanzverantwortlichen machen sollte.

»You want to work for me?«, fragte mein Gesprächspartner daraufhin charmant.

Beide lachten wir über den Scherz und vertieften unser Gespräch. Schließlich stellte er fest, dass ich ihn an seine Ehefrau erinnern würde. Mein erster Gedanke war: Ist das nun ein Kompliment oder eher nicht? Aber wie sich herausstellte, war seine Ehefrau blondhaarig wie ich. Hinzu kam, dass ich passend zur letzten PR-Kampagne einen eigens angefertigten Mantel trug, dessen Stoffmuster dem des Palästinensertuches eines Herrn Arafat nahekam. Selbstredend fiel ihm auch das begeistert auf. Unnötig zu erwähnen, dass jener Mantel Einzug in die „Otto Kern"-Kollektion gefunden hat. Ich blieb eine der ganz wenigen Personen an diesem Abend, mit denen er sich eingehender unterhielt. Auch verabschiedete er sich recht zeitig wieder. Wie ich abschließend von ihm erfuhr, blieb er nie lange an einem Ort – aus Sicherheitsgründen.

Zu den Shootings im Schloss und auf dem weitläufigen Anwesen selbst bleibt zu sagen, dass von der Atmosphäre und Stimmung her dort alles geboten war. Die ungezwungenen Gespräche mit hochdotierten Gästen bis tief in die Nacht bleiben unvergesslich. Ob im Kreativteam hinsichtlich der nächsten Themensetzungen oder mit einzubindenden Prominenten, nie war unser Engagement nur Mittel zum Zweck. Es entsprach unserem tiefempfundenen Anspruch, gesellschaftlich brisante Themen in die Öffentlichkeit zu tragen, diesen Gehör zu verschaffen. Ich war eh ein politischer Mensch, geprägt und sensibilisiert durch stundenlange, teils kontrovers geführte Gespräche mit meinem Vater zu politischen, ethischen oder Glaubensfragen. Im Kreativteam tauschte ich mich dazu besonders angeregt mit Horst Wackerbarth aus.

Otto begrüßte diese Entwicklung, nahm die Öffnung über seine Modeprofession hinaus dankbar und interessiert an. Für mich war es in dem Zusammenhang bemerkenswert gewesen festzustellen, wie wenig kunstaffin und allgemein belesen er bei unserem Kennenlernen abseits von Modewelt und Einrichtungsdesign gewesen ist. In Kaiserslautern hing beispielsweise Fotokunst von irgendeinem nie gehörten Namen mit irgendwelchen beliebigen Pussys als Motiv. Das zog nun wirklich keine Wurst vom Teller. Ich habe ihm dann zeitnah etwas von dem niederländischen Maler Karel Appel geschenkt – auch andere Kunstwerke und dazu einschlägige Bücher zur Orientierung. Es war eine weitere Facette, die er an mir sehr spannend fand und schätzte. Otto und ich waren einfach füreinander gemacht. Das wird auch jeder ehrlich bestätigen können, der uns aus der Nähe kannte oder mit uns zusammengearbeitet hat. In puncto Kreativität und auch intellektuell befruchteten wir uns gegenseitig. Darüber hinaus durfte ich mich glücklich schätzen und werde immer dankbar dafür sein, wie wohlwollend und herzlich Ottos gestandenes Team mich aufgenommen hat. Meine Impulse und Anregungen haben gemeinsam mit weiteren Ideen und höchster kollektiver Professionalität zu bahnbrechenden Resultaten geführt. Alle gemeinsam wollten wir die Welt ein wenig besser machen.

Der Tierschutz war nur eines der vielen weiteren heißen Eisen, die wir anpackten und womit wir in der Modeszene eine Vorreiterrolle einnahmen. Unter dem Slogan „Fund for Project" entwickelten wir Kunstpelze mit dem Schriftzug „Fund for Project" und einem Raubtierkopf hinten drauf. Eine viel beachtete Kampagne, über die der „Stern" eingehend berichtete.

Echte Pelze waren mir schon immer suspekt. Von Otto wollte ich weder die, noch eine Rolex.

»Keinen Pelz! Den darfst du mir nicht mal schenken, wenn ich 50 bin. Ich sehe eh so geil aus, wer braucht da Pelz oder Rolex?!«

Eine spontane Reaktion aus der Anfangszeit, welche ihn zwar verblüfft, die er aber auch toll gefunden hat. Auch für Schickimicki-Kram wie Gucci-Taschen und anderes Status-Gedöns war ich eher nicht zu haben.

»Du, das brauch ich alles nicht, ich bin ja noch jung.«

Ich war zufrieden und glücklich mit weißem T-Shirt und Jeans. Reichtum spazierenzuführen fand ich weder notwendig, noch gab es mir einen besonderen Kick. Na klar, auch ich machte Ausnahmen. Otto nannte einen Fuhrpark von 20 – oder waren es 30? – Luxusautos sein Eigen. Alle möglichen Ferraris und haste nicht gesehen, standen in der Tiefgarage. Also so einen nahm ich mir immer wieder gerne mal vor.

Aber zurück zu Tierschutz, Anti-Gaza-Krieg, Anti-Rassismus & Co. Gemeinsam mit dem Team konnten wir das ganz große Kampagnen-Rad drehen. Jeder einzelne fing Feuer und brannte dafür.

Apropos Feuer fangen und brennen: Das Persiflieren christlicher Symbolik im Rahmen einer Themensetzung entfaltete eine geradezu überschäumende Dynamik. Was hatten wir gemacht: Auf einem weitläufigen Acker unseres Grundstücks in der Normandie – um die nötige Tiefe für das ultimative Foto zu erreichen – wurde ein riesenhaftes Holzkreuz aufgestellt. Dann hievte mich ein Bagger hoch, und ich nahm Position auf einer Stützfläche ein, die kaum Platz für meine Ferse bot – hinzu kam, nur notdürftig gesichert. Der Bagger fuhr rückwärts aus dem Bild. Da hing ich nun hoch oben, barbusig mit langen blonden Haaren, bekleidet nur mit etwas Stoff um die Lende. Wie bestellt, riss die schwarzgraue Wolkendecke spärlich auf, und einzelne Sonnenstrahlen erhellten die Szenerie. Unserem Fotografen Horst Wackerbarth gelangen ganz phänomenale Aufnahmen. Die damals noch existierende Zeitschrift „Max" hat der Fotokampagne nur allzu gern eine ganze Hochglanzseite gewidmet. Irgendwann wurde ich jedoch nervös bis panisch, weil die erforderliche Körperspannung auf nur einer Ferse mir den Dienst zu verweigern drohte. Schnell war der Bagger zur Stelle, und man befreite mich aus meiner misslichen Lage. Jene Erfahrung dort oben am Kreuz hat mich postwendend sehr demütig werden lassen. Ich empfand eine ganz eigene Solidarität zu Jesus Christus, der sein Blut für uns gelassen hatte.

Nachdem ich also am Kreuz hängend die mediale Runde gemacht hatte, entblödete sich der evangelische Kirchenrat nicht, sich medienwirksam aufzuregen. Öffentliche Diskussionen und Leitartikel allerorten, was natürlich Wasser auf unsere Mühlen war. Otto und ich fanden uns sogar bei Thomas Gottschalk auf der roten Couch wieder, wo wir uns doch ansonsten recht selten in Deutschland aufhielten. Vorab kam dieser persönlich in die Garderobe, um einige Eckpunkte zu Bibelthema und Gesprächsablauf abzuklären.

Ich eröffnete mit einer „Otto Kern"-Lederhose, die ich ihm zum Geschenk machte.

»Du, Gottschalk, ich weiß, du bist ein Bauchheraus-Sprecher und Moderator. Tu mir nur einen Gefallen: Reduziere mich bitte nicht auf den Altersunterschied von 20

Jahren, auf meine langen Beine oder die blonden langen Haare. Ich gehöre voll zum Kreativteam und bin nicht das Modelchen«, schob ich eindringlich nach.

Es waren sensible Punkte, auf die ich definitiv beleidigt reagiert hätte. Ich forderte damit den mir gebührenden Respekt dafür ein, dass ich Ideen einbrachte, das Styling zu den Shootings mitgestaltete und häufig an den Skripten mitschrieb.

Thomas Gottschalk hat es beherzigt und wirklich super umgesetzt. Produzent seiner Sendung war Pit Weyrich, den ich bereits persönlich kannte, und so wurde noch mein spontaner Vorschlag einer kleinen Modenschau in die Sendung aufgenommen. Daraufhin zog ich durch verschiedene kleine Boutiquen und Geschäfte, die zum Teil fraglos auch von Damen des horizontalen Gewerbes frequentiert wurden, und stylte meine Models mit Overknee-Stiefeln und anderen Anfang der 90er extravagant bis gewagt anmutenden Teilen – selbstverständlich in Kombination mit Entwürfen aus der „Otto Kern"-Kollektion. Im Studio zugegen waren dann auch Hollywood-Größen wie Robert Wagner, Barbara Eden aus „Bezaubernde Jeannie" und Danny DeVito. Doch im Grunde war es eine Otto Kern Sendung mit 100 Prozent Glamour-Faktor – eine mega Werbung für uns mit tollem Erfolg. Im Anschluss wurde noch ordentlich gefeiert.

Einzig Uwe Jürdens, Geschäftsführer von Otto Kern, toller Mensch und ein ganz Großer seines Fachs, gab im Vorfeld den Perfektionisten, als er gewohnt lispelnd monierte: »Ja, aber Thara, dath gibt'th doch gar nicht bei unth, dath Teil, dath du jettht da theigen willtht.«

»Du, scheiß egal«, erwiderte ich salopp, wie es unter uns üblich war, »Thierry Mugler setzt seinen Models auch Kronleuchter auf, die kannst du auch nicht dazukaufen. Lass mich mal machen, die Leute gehen letzten Endes in den Laden und wollen ein T-Shirt von Otto Kern kaufen oder eine Bluse«, womit ich recht behalten sollte.

Nachdem mein Styling so geil aussah und die Gottschalk-Sendung sehr gute Resonanz erfuhr, war klar, dass ich das Styling für die Kampagnen zukünftig federführend übernehmen würde.

Als Olivier Widmaier Picasso uns erstmals in seine Wohnung nach Paris einlud, war das schon eine kleine Überraschung. Umgekehrt war er zuvor über Jahre bestimmt ein bis zweimal im Monat bei uns zu Gast gewesen.

Zur bevorstehenden Soirée machte ich mir so meine Gedanken. Würden dort wohl die ganzen teuren Picasso-Gemälde offen an der Wand hängen, wo doch jeder einzelne „Schinken" ein paar Millionen wert war? Zu der Zeit wurde noch exzessiv geraucht, das konnte den Farben doch nicht guttun.

Als wir nun also eintrafen, stellte ich zunächst einmal fest, dass Maya Widmaier Picasso und ihr Sohn gar nicht weit entfernt von unserem Haus im beschaulichen Saint-Germain-des-Prés wohnten, und dazu noch direkt an der Seine.

Kaum angekommen, konzentrierte ich mich vor allem auf den Butler mit dem Fingerfood – ich hatte noch nicht viel im Magen – und hielt beim Champagner ordentlich mit.

Aber wie schon meine Mutter so zutreffend zu sagen pflegte: ‚Sarah, du bist viel zu billig. Du bist ja nach zwei Gläsern schon betrunken.'

Ich hatte vermutlich schon vier oder fünf Gläser Champagner genossen, als der Butler auf mich zusteuerte und mir eröffnete, Madame Picasso wolle mich gerne begrüßen.

Mon dieu, was war ich aufgeregt, wir hatten uns ja nie persönlich kennengelernt.

»Oui, oui, bien sûre«, stammelte ich und folgte ihm durch eine Tür und einen langen Korridor, offensichtlich bis in eine andere Wohnung. Eine weitere Tür grenzte an eine Küche. Inmitten des Raumes stand eine kleine Dame mit blonder Pagenfrisur und lachte mich offen an. Witzig und schnell begann sie die Konversation auf Französisch, ähnlich redegewandt wie ihr Sohn Olivier.

»Ach, jetzt weiß ich, von wem ihr Sohn seinen Wortwitz und die Redegewandtheit hat – von Ihnen, Madame Picasso. Ich freue mich sehr, Sie endlich kennenzulernen.«

Und während sie mir eröffnete, wie sehr sie sich schon auf mich gefreut habe, nach all den Jahren, und dass sie ja schon viele Fotos von mir und Otto bewundert hätte, sah ich nun meinerseits ein gerahmtes Foto auf dem Küchensims stehen, welches meinen Sohn zeigte. Eindeutig eine Aufnahme aus unserem Schloss. Und Madame Picasso wusste auch, dass der Vorname unseres Sohnes auf den ihres Sohnes zurückging. Diese Auswahl hatte allerdings auch etwas mit dem Buchstaben „O" zu tun gehabt.

So sollten die Initialen des Vaters auf ewig auch die seines Sohnes sein: OK.

Als Nächstes machte sie mich freudestrahlend auf ein in buntes Papier eingeschlagenes Geschenk aufmerksam, das für mich bestimmt war. Es in die Hände nehmend und abtastend, orakelte ich in meinem leicht angetrunkenen Zustand frei ins Blaue hinein: »Ah, es handelt sich hier um ein Porzellan, blau bemalt glaube ich, so ähnlich wie das königlich dänische Porzellan, was meine Mutter sammelt.«

Ihr Lächeln wich einem perplexen Staunen: »Woher wissen Sie das?«

Was konnte man darauf schon erwidern: »Das weiß ich selber nicht.«

In die Stille hinein packte ich das Geschenk aus, et voilà, es handelte sich um eine Karaffe, wie man sie in Frankreich klassisch neben einem Waschtisch stehen hat – zwar nicht königlich dänisch, aber doch dunkelblau bemalt. Und unser herzliches „Küchenkränzchen" barg noch mehr Überraschungen.

»Wie sind Sie denn auf „königlich dänisch" gekommen?«, wollte sie wissen.

Und so kam ich auf meinen dänischen Opa, den Maler Helge Rasmussen, zu sprechen.

Da zeigte sich Maya Widmaier Picasso plötzlich ganz aufgeregt: »Helge Rasmussen, den habe ich vor Jahren auf einem Intellektuellen-Abend in London kennengelernt.«

Jetzt war ich mindestens genauso aufgeregt.

»Ja, ja, mit meinem Opa war ich auch in Paris, der hat ja hier in Saint-Germain-des-Prés, unweit des legendären Künstlerrestaurants „La Palette", seine Farben gekauft.«

»Mein Vater Pablo Picasso hat da auch seine Farben gekauft«, setzte sie noch einen drauf.

Wow, was war das für ein Kennenlernen. Maya und ich fielen uns in die Arme, und mir kamen fast die Tränen.

Ich kehrte zu den anderen Gästen zurück und genehmigte mir noch Champagner. Doch ich denke, es war der Wodka, der mir den Rest gab.

Das böse Erwachen kam jedoch erst im Auto – in Gegenwart von Otto, Olivier Widmaier Picasso und Emanuele Filiberto di Savoia, seines Zeichens designierter Nachfolger als Oberhaupt des Hauses Savoyen und Enkel des letzten italienischen Königs Umberto II., der uns ebenso freundschaftlich verbunden war.

»Arretez, je vomir!«, brachte ich noch hervor, was sich zweifellos eleganter anhörte, als das deutsche Pendant „Anhalten, ich muss kotzen!".

»Oui, bien sure, madame.«

Der Chauffeur beeilte sich, bei nächster Gelegenheit auf die Bremse zu steigen und mich nach draußen zu entlassen, bevor noch das Interieur des feinen Wagens dran glauben musste.

Trotzdem ging es mir danach nur unwesentlich besser. Also steuerten wir ein Krankenhaus an. Die Diagnose des dortigen Arztes konnte nicht wirklich überraschen, nämlich, dass Madame einfach nur sturzbetrunken war. Die gaben mir allen Ernstes eine Aufputschdroge namens „Poppers" – rein medizinisch natürlich –, was mich in null Komma nichts wieder fit machte.

»Geil«, meinte Otto nur, »das will ich auch haben.« Irgendwie staubte er für sich auch noch was davon ab.

Bestens gelaunt ging es dann zurück nach Deauville ins Schloss.

Von diesem Ereignis an hieß ich für Emanuele Filiberto di Savoia nur noch „Two-Point-Five", in Anlehnung an die Promillezahl in meinem Blut. So eine Frechheit – mal wieder –, es waren doch nur eins Komma fünf Promille gewesen. Aber zu spät, der Drops war gelutscht, dieser Running Gag würde mich in die Zukunft begleiten.

Im darauffolgenden Jahr sollten Otto und ich die CPD Modemesse in Düsseldorf eröffnen. Nicht wirklich überraschend, es war schließlich die Hochphase der Modemarke „Otto Kern", Otto auf einem Gipfel seiner Schaffenskraft. Vielleicht war ein weiterer Aspekt dieses Kern-Hypes, dass er zu den seltenen, derart erfolgreichen Modeschöpfern gehörte, die ganz eindeutig nicht homosexuell waren.

Wir begaben uns also von unserem Schloss in Frankreich aus zur Stippvisite nach Deutschland. Für die Modenschau auserkoren war eine riesenhafte Loft-Halle, die in den Wochen darauf abgerissen werden sollte und welche es zu füllen galt. Ich kann mich noch lebhaft daran erinnern, wie Otto und ich noch eine sexy Nacht miteinander verbrachten, bevor ich morgens das Styling für die Show angehen musste. Wir hatten die Oper „La Bohème" von Puccini als Thema gewählt, und ich war von behind the scenes mit einem gefühlt endlosen Laufsteg konfrontiert sowie mit Models, die gar keine gestandenen Models waren, sondern Tänzer. Nun lag es ja in der Natur der Sache, dass Tänzer tanzen, aber eben auch, dass man in „Otto Kern"-Hosen nicht zwingend einen dynamischen Spagat hinlegen konnte. Dass die mit „heißer Nadel" gestrickten Viskose-Hosen erst kurz vor Ultimo eintrafen, ließ mich, die ich völlig übernächtigt war, umso mehr rotieren – vor und während der Show. Kurzum, es war eine Herausforderung und angesichts der illustren Gästeschar von Tina Turner bis hin zur Hautevolee der Modeszene der reinste Ritt auf der Rasierklinge. Jedenfalls kam es mir so vor. Nichtsdestoweniger endete diese Fashion Show mit stehenden Ovationen.

»Sarah, Sarah!«, übertönte meine Mutter aus der vordersten Reihe den frenetischen Beifall. »Bravo fürs Styling!«

Ich wurde aufgefordert, gesondert vorzutreten, verbeugte mich erleichtert und glücklich.

Als wäre das nicht schon das Schönste gewesen, was mir in diesen Minuten hätte widerfahren können, erwartete mich im Backstage mein Otto, der mir einen Heiratsantrag machte. Vertreter des Fernsehsenders RTL hatten ihre Gelegenheit genutzt, in meinem Kielwasser zu folgen. Irgendein Spaßvogel warf noch ein, Herr Kern würde wohl seine Fashion Show mit der Hochzeitsshow von Linda de Mol verwechseln. Wir schrieben das Jahr 1995.

Das vierte Leben der Sarah Kern: Bereit für die Ehe mit Otto Kern

Als Otto mir 1995 den erneuten Heiratsantrag machte – unser Sohn war zwei Jahre alt –, fühlte ich mich endlich bereit. Ich hatte zuvor jedem Drängen seit meiner Schwangerschaft aus einem ganz bestimmten Grund nicht nachgegeben: O. J. sollte wenigstens zwei Jahre alt sein, um auf eigenen Füßen an der Hand seiner Halbschwester Candy in die Kirche gehen zu können. Er sollte unbedingt die Chance erhalten, im Ansatz begreifen zu können, was dort gerade vor sich ging.

Zuerst wurde aber standesamtlich in New York geheiratet. Trauzeugen waren die Tochter des Modedesigners Wolfgang Joop, Jette Joop, die selbst schon eine erfolgreiche Schmuckdesignerin war, und unser bester gemeinsamer Freund Olivier Widmaier Picasso – dieser in Begleitung seiner damaligen Freundin Alice Evans, als Schauspielerin bekannt aus „101 Dalmatiner" neben Glenn Close.

Etwa ein halbes Jahr später – wir hatten auf den Sommer gewartet – vollzogen wir auch noch die kirchliche Trauung nahe bei unserem Chateau de Villers, wo es eine zauberhafte kleine Kapelle gab. Selbst die erlesene Gästeschar aus aller Welt von lediglich 250 Personen, darunter meine Eltern und sogar der kleine Otto Amadeus, fand kaum Platz. Selbstverständlich geleitete mich mein Vater zu gegebener Zeit als Brautführer hinein. Das klassisch weiße Brautkleid hatte einen ewig langen, bestickten Schleier wie bei einer Prinzessin – handgenäht. Die Schleppe wurde von der geliebten Stieftochter Candy und unserem Sohn gehalten, wie von mir schon seit Jahren herbeigesehnt. Zudem übernahmen beide auch den Part der Blumenkinder mit Körbchen.

Noch ein paar Zusatzinfos rund um unsere Hochzeitsbekleidung: Mein Brautkleid habe ich in Paris gefunden. Was O. J. betrifft, da muss ich etwas weiter ausholen. Seinerzeit existierte eine geschäftliche Kooperation mit dem italienischen Modeschöpfer Roberto Cavalli, was Otto und mich einige Monate vor der kirchlichen Hochzeit nach Florenz führte. Dort ergab es sich, dass ich durch die Gassen der toskanischen Hauptstadt schlenderte und auf eine kleine Boutique aufmerksam wurde, in der mehrere ältere Damen fingerfertig schneiderten. In der Auslage fand sich darüber hinaus feinste Spitze. Es zog mich wie magisch hinein. Aus von mir ausgesuchten Spitzenstoffen und mit den entsprechenden Größenangaben entstand dort der cremeweiße Anzug meines Sohnes für die Hochzeit, welcher anschließend nach Frankreich geschickt wurde. Candys elfenbeinfarbenes Brautjungfernkleid war nicht minder schön, stammte aber aus dem Pariser Bezirk Saint-Germain-des-Prés. - Erwähnen möchte ich noch, dass wir auch privat bei Roberto Cavalli und seiner Ehefrau Eva zu Gast waren. Ein unglaublich geschmackvoll eingerichtetes Haus, wie ich vorher noch keines gesehen hatte, erwartete uns: geradezu majestätisch, mit sagenhaftem Blick auf Florenz und lebenden Papageien zwischen Palmen – ein märchenhaftes Wochenende.

Es waren gerade auch Anlässe wie diese in Florenz, Stunden der sinnlichen Zweisamkeit mit Otto, die ich so sehr geliebt habe. Er hat dazu immer ganz besondere Restaurants ausgewählt – gerne Michelin-prämiert – als ausgesprochener Gourmet, der er nun mal war, so wie auch ich.

Damit zurück zur kirchlichen Trauung: Mein Vater führte mich gerade von draußen in die Kapelle, und alle Blicke waren auf uns gerichtet, als Sonnenstrahlen urplötzlich und mit aller Macht durch die Wolkendecke brachen, um die Szene in ein himmlisches Licht zu tauchen. Daraufhin wurden Taschentücher gezückt, und durch die Reihen weg flossen Tränen der Rührung.

In seinem Gehrock mutete auch mein Ehemann wie ein wahrhaftiger Prinz an, für mich schöner noch als die echten Prinzen vor Ort.

Olivier Widmaier Picasso und Emanuele Filiberto di Savoia waren die Trauzeugen. Emanuele hatte ein Hochzeitsgeschenk der besonderen Art für uns im Gepäck, welches deshalb gesonderte Erwähnung verdient. Zunächst einmal war es ein Teller aus 925er Sterlingsilber. Darauf prangte mittig das Wappen des italienischen Königshauses. Und eingraviert stand unter anderem zu lesen: „Dear Two-Point-Five, dear Otto, all the best for your marriage."

Fürwahr, ein wirklich legendäres Geschenk, typisch Emanuele, ging es mir spontan durch den Kopf. Er war eben ein echter Adliger, wie man ihn sich nur wünschen konnte: gutaussehend, kultiviert und witzig obendrein.

Zu den wenigen deutschen Gästen gehörte der Schauspieler Mario Adorf mit seiner bezaubernden Ehefrau Monique. Mein Französisch habe ich vor allem von Olivier Widmaier Picasso gelernt, aber auch von Monique – einer witzigen Persönlichkeit mit der Vorliebe für schnelles Sprechen.

Bereits auf dem Weg zum Hubschrauberlandeplatz, der sich unweit von Pool und Tennisplatz auf unserem Anwesen befand, holte ich Mario Adorf gerade noch rechtzeitig ein. Es ging mir um eine spontane Bitte an ihn, die ich ihm nur deshalb vortrug, weil wir gut genug miteinander bekannt waren. Jahre zuvor hatte er auf einer Privatfeier in Frankfurt am Main, halb sprechend und halb singend, eine Persiflage auf die Ehe zum Besten gegeben. Ob er das wohl für uns wiederholen konnte und wollte? Beides war der Fall. Er bat sich nur einige Minuten aus, um sich abseits vom Geschehen zu sammeln. Anschließend kehrte er zurück und signalisierte Bereitschaft. Es zeigte sich einmal mehr, was für ein großartiger Künstler und brillanter Kopf Mario Adorf war und ist. Einen minutenlangen Monolog – noch dazu in komplexer Reimform – trug er nach mehreren Jahren wieder genau so vor, wie ich es in Erinnerung hatte. Und natürlich lachten die Gäste auch jetzt wieder Tränen, genossen seine feingeistige Kunst und Poesie. Ich war ihm so unendlich dankbar für dieses ganz besondere Geschenk.

Ottos Solonummer an jenem besonderen Tag war aber auch nicht von schlechten Eltern. Er hat uns nämlich – also sich selber und mich – eigenhändig per Hubschrauber von der Kapelle bis auf unser Anwesen geflogen. Und das Ganze ohne Pilotenschein. Nein, kein Scherz, er war ein exzellenter Pilot in der Praxis, nur mit der Theorie ... Egal, schon auf seinem ersten Landgut, einem typisch französischen Manoir, war er – zu der Zeit noch regelmäßig – eigenhändig zwischen Apfelbäumen gelandet. Aber dem Chateau war es beim besten Willen nicht mehr angemessen. Und überhaupt, die armen Obstbäume. Doch aus gegebenem Anlass flog uns Otto wie gesagt persönlich ein und landete sicher auf präpariertem Boden. Damit boten wir unserem geneigten Publikum eine filmreife Darbietung vor traumhafter Kulisse. Ja, ganz toll, aber im Nachhinein betrachtet nicht eben ungefährlich, wenn ich an den wehenden Schleier und die sich drehenden Rotorblätter zurückdenke. Andererseits, wer hat sich Mitte der 90er schon groß Gedanken gemacht, es waren ungezwungenere Zeiten. Otto ist noch drei- oder viermal hin- und hergeflogen, um die Trauzeugen und einige andere Gäste abzuholen. Ja, er ist schon vielseitig gewesen, mein Otto.

Die Hochzeitsfestivität bot Livemusik, mehrere DJs und um den Pool herum zehn große Zelte mit internationaler Küche aus aller Welt, genauso international wie unsere Gäste. Allein meine Familie war aus Dänemark, Kolumbien, den USA und der Schweiz angereist. Es gab keine starre Sitzordnung, denn alle sollten die Chance erhalten, jederzeit mit jedem ins Gespräch zu kommen. Otto und ich waren schließlich freie, weltoffene Menschen, das wollten wir unbedingt zum Ausdruck bringen.

Nun war ich also Ehefrau. An der Seite von Otto Kern wurde ich aber viel mehr als das. Ich hatte mehr als Blut geleckt und riesige Lust, noch intensiver für Kampagnen zu stylen und die PR-Geschicke mitzubestimmen, als ohnehin schon. Mich auf gesellschaftliche und politische Themen einzulassen, nächtelang mit intellektuellen Menschen zu diskutieren und zu philosophieren, ging Hand in Hand mit den gesellschaftlichen Anforderungen an eine Madame de châtelaine sowie meiner Verantwortung als Mutter. Es ging kaum eine Woche vorüber, in der wir nicht Blaublüter, Politiker, Schauspieler und andere illustre Kulturschaffende oder Sportler begrüßten, sofern wir diese nicht gerade woanders trafen. In höchstem Maße kräftezehrend, weil anspruchsvoll, trotz oder gerade wegen meiner noch jungen Jahre, denn es galt rund um die Uhr zu funktionieren – als perfekte Gastgeberin, fachlich versierte Persönlichkeit auf Augenhöhe, liebevolle Mutter, vollendete Ehefrau und unterhaltsame Partylöwin.

Zeitweise geriet ich hart an meine Grenzen. Zum Beispiel, wenn Otto gelegentlich ungenießbar war, was einem großen Künstler zuzugestehen ist. Heute weiß ich es einzuordnen. Damals nahm ich es zu persönlich. Es verletzte mich und zog mich runter. Momentaufnahmen, die über Jahre nichts an unserer glücklichen Beziehung ändern sollten. Wir waren Komplizen, Partners in „Sex and Crime“. Wir harmonierten intellektuell, ergänzten uns in künstlerisch kreativer Hinsicht, waren geschäftlich eingespielt.

Ein eingeschworenes Glamour-Paar, das mit seiner Aura das schillernde Saint-Tropez, ja, man kann schon sagen, mit erfunden hat. Otto hatte schon ein Haus in dem einstigen Fischerort besessen, als noch vorwiegend französische Stars wie Brigitte Bardot unbekümmert am kleinen Hafen entlanggeschlendert sind. Erst als Paar zogen wir die Reichen und Schönen des internationalen Jet-Sets maßgeblich an. Im angesagtesten Nachtclub jener Tage, dem „Les Caves du Roy“, bescheinigte uns die VIP-Beauftragte verzückt, dass wir das krasseste Paar wären. Erst, wenn man wusste, wer dort so alles mit seiner 40, 50 oder gar 60 Meter langen Yacht vor Anker lag und dass Schönheit, Charisma und Sex-Appeal vor Ort die Regel waren, konnte man die Bedeutung dieses Komplimentes wirklich richtig einordnen.

Den Winter verbrachten wir Jahr um Jahr auf Saint-Barthélemy, kurz St. Barths, einer exklusiven Karibikinsel der kleinen Antillen, die eine nochmalige Steigerung zu Saint-Tropez darstellte. Immer war auch unser Sohn O. J. dabei, ebenso unser vertrautes Personal. Otto, der dort schon früh ein Haus erworben hatte – auf Anregung seiner ersten Ehefrau Patrizia wohlgemerkt –, war damit wieder einmal seinem klugen Händchen für Immobilien gefolgt. Warum klug? Weil mal abgesehen davon, dass die kleine Insel von jeher wunderschön und idyllisch gewesen ist, neben ihm nur zwei weitere prominente Persönlichkeiten eine Immobilie erworben hatten: der russische Oligarch Abramowitsch und der erste Mann auf dem Mond, Neil Armstrong. Man kann also sagen, es hatte sich seinerzeit um ein noch ziemlich jungfräuliches St. Barths gehandelt. Dabei ist es nicht geblieben. Während meiner Zeit mit Otto sind Häuser hinzugekommen, die vor allem als Cash Cows zur Vermietung gedacht waren, was allemal Sinn machte. Es war nämlich so, dass nach und nach auch Hollywood auf den Geschmack gekommen ist – also nicht die gesamte „Industry" in puncto Drehort, sondern Schauspieler, Regisseure und Produzenten zum Entspannen. Mann, wie schnell sich dort alles verändert hat. Immer mehr Straßen und weitere Infrastruktur hielten Einzug, und die alteingesessenen Leguane glotzten einen nicht mehr so blöd an, wenn man vorbeilief. Aber ich will nicht übertreiben, es blieb beschaulich. Wer dort einfliegen wollte, tat es nach wie vor spektakulär auf einer der kürzesten Landebahnen der Welt. Tourismus im größeren Maßstab blieb auf der teuersten Insel der Welt weiterhin außen vor. Umgerechnet 30 DM für einen Linseneintopf oder ab 1.000 DM pro Nacht für die Unterkunft – das sprach für sich. Es ging dermaßen ungezwungen zu, dass Filmstars ungestylt in T-Shirt und Jeans oder Shorts anzutreffen waren. Niemand staffierte sich mit extravagantem Schmuck oder teuren Uhren aus. Eine Entourage aus Hairstylisten und Make-up-Profis? Nicht auf St. Barths!

Was ist sonst noch erwähnenswert? Ach ja, richtig, Otto und ich organisierten legendäre Silvesterpartys in unserem Haus am paradiesischen Governor Beach. Dafür ließen wir alle verfügbaren Eiswürfel der Insel anliefern. Aber nicht nur das, ich organisierte auch die heißesten Mädels mit den kürzesten Schürzchen als Bedienung oder ließ einen angesagten DJ mit pinken Haaren eigens aus Mexiko einfliegen. Was bei uns abging, etablierte sich schnell als wiederkehrendes Ereignis allererster Güte, als Hot Spot im Hot Spot. Was Rang und Namen hatte, kam zu Otto und Sarah – nicht nur zu Silvester. Neben Hollywoodstars ließen sich natürlich auch die üblichen Verdächtigen Emanuele Filiberto di Savoia und Olivier Widmaier Picasso regelmäßig sehen. Sie alle kamen gerne wieder, nicht zuletzt deshalb, weil Fotografen und Paparazzi unerwünscht waren. Bei uns auf St. Barths wurden keine ungewollten Fotos gemacht. Niemand musste befürchten, sich anschließend in Illustrierten wiederzufinden. Und welcher Paparazzo hätte sich die astronomischen Preise auf St. Barths schon leisten können?

Modeschöpfer und Designer wie Roberto Cavalli, Giorgio Armani oder die Familie Versace waren ebenso unsere Hausgäste, wie angesagte „Hip-Hop"-Größen oder der ägyptische Geschäftsmann Dodi Al-Fayed, zu der Zeit bereits liiert mit Lady Di.

Jean-Claude van Damme schaute des Öfteren vorbei. Christopher Lambert und Diane Lane begrüßten wir regelmäßig als Ehepaar. Der gute Steven Seagal war in der Tat ein wenig speziell. Mit Dritten – selbst mit uns Gastgebern – kommunizierte er ausschließlich über seine Ehefrau Kelly Lebrock. Kein Problem, sogar derlei Marotten trafen in unserem Haus auf wohlwollende Toleranz. Unsere wiederkehrenden Gäste waren durchweg eine Bereicherung, auf ihre individuelle Art authentisch. Das machte die spannende Mischung aus, brachte Abwechslung, erweiterte den eigenen Horizont.

Da fällt mir eine Begebenheit ein, die zu meinen absoluten Highlights zählt: Es ereignete sich auf einer unserer Partys, zu der Otto und ich auch Carl-Eduard Graf von Bismarck und seine damalige Ehefrau Celia begrüßen durften.

Ich befand mich gerade mitten unter den Feiernden, als ich ungläubig eine penetrant laute Stimme wiedererkannte, die mir – egal wie honigsüß – sofort unangenehmst aufstieß: »Ah, ma petit Sarah!«

Nicht zu fassen, da stand er tatsächlich in voller Lebensgröße, jener Inhaber einer Pariser Modelagentur, der mich vor Jahren zu einem Casting in Mailand begrüßt hatte – nur mit Bademantel bekleidet auf einem Bett wartend!

„Ah, petit Sarah. I make you a Megastar, if you fly with me tomorrow to Paris ...“, hatte dieser notgeile Schmierlappen damals gesäuselt – ausführlicher nachzulesen im Kapitel „Schicksalhafter Weg in die Modelkarriere“.

Na warte, ich zeig dir petit Sarah, schoss es mir durch den Kopf. Mann, was hatte ich den gefressen.

Nun war er aber nicht alleine, sondern in Begleitung einer Frau, die er mir sogleich stolz vorstellte: »Ca c'est Uma „Turman“.«

Die Musik war laut, dann der französische Akzent und eine unscheinbare, ungeschminkte Frau in fadem Kleid – mit zu großen Füßen. Kurz gesagt, ich hatte keine Ahnung, wer da vor mir stand, auch wenn mir diese Person entfernt bekannt vorkam. Leider war sie weder charmant, noch sagte sie einen Ton. Da stand ich nun, die Gastgeberin, und wollte ungeachtet dessen höflich sein.

»Kenne ich dich nicht von irgendwoher?«, versuchte ich es auf Englisch.

»Maybe«, kam es schmallippig zurück.

Auch nicht hilfreich, aber nun wollte ich es genau wissen. Ihrem Akzent nach zu urteilen, tippte ich auf US-Amerikanerin. Und sie kam mir bekannt vor, verdammt.

»Vielleicht von dem Dinner mit Ivana Trump vor zwei Jahren oder aus St. Moritz?«

In dem Moment tauchte Celia von Bismarck dicht neben mir auf und versorgte mich mit der händeringend gesuchten Information: »Du Trottel, das ist Uma Thurman.«

Daraufhin fiel mir erst die Kinnlade runter, dann bekamen Celia und ich gleichzeitig einen Lachanfall. Ich brachte es dennoch irgendwie fertig, meinen unscheinbaren weiblichen

Gast gebührend willkommen zu heißen und ihr noch einen wundervollen Abend in meinem Haus zu wünschen. Holly molly, hätte sie nicht einfach sagen können: Ja, du kennst mich, weil ich Schauspielerin bin, ich bin Uma Thurman?! - Da hatten wir wohl beide keine überzeugende Figur gemacht, der „Pulp Fiction"-Star Uma Thurman nicht, und ich auch nicht. Einer der seltenen Momente in meinem Leben, die mir die Schamröte ins Gesicht getrieben haben.

Übrigens: Dieser von mir so wenig geschätzte Inhaber einer Pariser Modelagentur hat mir noch verraten, dass Dino – Ihr wisst doch noch, der kleine charmante Italiener in Mailand, der in diesem wahnsinnigen Fellini-Haus mit vier Kellergeschossen gelebt hat und auf mich aufpassen wollte –, also dass der mittlerweile erschossen worden war. Holly shit, so schnell konnten rauschende Feste ein Ende finden. Und ausgerechnet der hatte auf mich aufpassen wollen? Paris war definitiv die bessere Entscheidung gewesen.

Auch jenseits unseres Hauses und unserer Gästeschar stolperte man über Prominenz. Da stand ich während meiner Fahrten im Jeep auch schon mal an der Ampel neben Brad Pitt und Jennifer Aniston, die im Wagen zu meiner Linken verliebt knutschten. Oder ein Stück weiter zu meiner Rechten stand Sean Connery in einer Boutique vor dem Spiegel, um sich zufrieden in Badehosen zu betrachten.

Man kann sagen, zu den Eigenheit der elitären französischen Karibikinsel St. Barths gehörte es, dass es so gut wie keine Promigröße auf der Welt gab, die dort als etwas Besonderes hofiert wurde. Ohne Übertreibung, es wurden keine Extrawürste gebraten. Ein Erlebnis macht das sehr anschaulich: Otto und ich saßen mit Freunden am Taiwana

Beach zum Lunch. Am Grill stand der Inhaber des Restaurants persönlich, just for fun, denn nötig hätte Jean Paul es nicht gehabt. Zu dem Mann mit der runden Plauze muss man noch wissen, dass er wohl zu den arrogantesten Franzosen überhaupt gehörte, aber für seine mitunter unverschämte Selbstgefälligkeit von uns geliebt wurde. Jean Paul war eben ein Original. Bei ihm war es schick und es schmeckte vorzüglich, was seine Lokalität zur angesagtesten überhaupt machte. Während wir also bei ihm saßen und das Beisammensein genossen, warf eine Yacht ihren gigantischen Schatten auf die Bucht und ging final vor Anker.

Kurz darauf näherte sich ein Beiboot und irgendwer rief aufgeregt: »Wow, „Madonna" is coming!«

»Die Tische sind alle voll«, meldete sich unser Jean Paul betont desinteressiert zu Wort. »Soll ich ihr zuliebe aus der nächstbesten Palme vielleicht einen Tisch schnitzen, oder was?« Und mit einer abfälligen Handbewegung ergänzte er: »Schickt sie weg!«

Auf sein Geheiß wies das Personal mal eben eine „Madonna" ab. Ja, wäre es der französische Sänger und Schauspieler Johnny Hallyday gewesen – quasi ein atmendes Nationalheiligtum – der Tisch wäre womöglich ruckzuck geschnitzt worden. Tja, so waren sie halt, die Franzosen auf St. Barths.

Einmal waren wir in New York Gäste von Ivana Trump. Nicht das einzige Treffen und an sich auch nicht gesondert hervorzuheben, wäre da nicht die amüsante Begebenheit im Anschluss gewesen. Aber immer schön der Reihe nach: Es begann damit, dass diese imponierend geschäftstüchtige

Frau uns per Stretch-Limo abholen ließ, in der sie überraschend auch höchst selbst saß. Auf dem Weg zum Zielort erwähnte sie dann in aller Unbescheidenheit, welche Immobilien links und rechts ihr gehörten. Bis zur Ankunft in der Pizzeria „Sofia's" in Little Italy waren es drei Gebäude gewesen. Was nannte sie wohl noch so ihr Eigen? Zweifellos hatten wir eine Kapitalistin in Reinkultur vor uns. Und so, wie sie mit dem Restaurantpersonal umzuspringen beliebte – noch dazu mit ihrem markanten osteuropäischen Akzent –, hätte ich nicht ihr Bediensteter, Lebensgefährte oder gar Ehemann sein mögen. Aber Hochachtung vor ihrem sicheren Geschäftssinn, das machte ihr so schnell keiner nach. Es imponierte mir schon mächtig. Nicht verwunderlich, dass ihre Tochter Ivanka später ebenfalls erfolgreich agieren sollte. Die ist eben durch Mutters Erziehung gegangen und hat zudem noch eine gute Portion eloquenten Charme vorzuweisen.

Irgendwann war der Abend mit Ivana Trump abgehakt, und es ereignete sich nichts Erwähnenswertes mehr. Umso mehr wollten wir am nächsten Tag etwas Aufregendes erleben. In New York musste es doch einen Ort geben, ähnlich abgefahren wie das Pariser „Les Bains Douches", wo Otto und ich uns kennengelernt hatten. Am Abend landeten wir schließlich in einem der unzähligen Hochhäuser und dort via Fahrstuhl in einem eher kleinen Club mit funkiger Musik und cool gemischtem Publikum. Genau dort sollte sich der eigentliche Clou unserer Kurzreise ereignen, und es war nicht meine schwedische Freundin Tove, die regelmäßiger Hausgast in Frankreich war und uns nun überraschend in Übersee über den Weg lief. Nein – eigentlich unappetitlich, stand ich zunächst vor der Damentoilette, die hoffnungslos überfüllt und noch dazu nicht gerade wohlduftend war. Mit schmerzender Blase drehte ich auf High Heels kurzentschlossen um. Dann musste eben die Herrentoilette dran glauben. Mir war inzwischen alles egal und ich entsprechend hektisch. Vom Blasendruck endlich befreit, beeilte ich mich als halbwegs annehmbare Dame, die Herrentoilette schnellstmöglich wieder zu verlassen. Prompt stieß ich mit einem Typen zusammen, dessen Basecap mich am Auge erwischte. Da standen wir nun, Auge in Auge, meines schmerzhaft triefend.

Trotzdem musste ich bei dem, was ich sah, lauthals lachen. »Oh, my god, you look like Leonardo DiCaprio, but a little more fat!«

»Thank you, baby, it's me«, entgegnete er amüsiert.

Es war die Zeit kurz nach seinem Film „Titanic", als er tatsächlich recht korpulent war. Unser Zusammenstoß sollte der Auftakt zu einem sehr vergnüglichen Abend zu dritt, also gemeinsam mit Otto sein. Was haben wir noch über die Toilettenszene und meinen spontanen Kommentar gelacht.

Das Familienleben mit Otto Kern war sehr speziell. Er war nicht in allem so, wie man sich einen Familienvater gemeinhin vorstellt. So musste ich mitunter erfinderisch sein, wenn es um gemeinsame Ausflüge zu dritt ging. Wenn zum Beispiel der Zoo auf dem Programm stand, war das für ihn nicht sonderlich interessant, es sei denn, ich konnte ein Sterne-Restaurant auf dem Weg oder zumindest in der Nähe ins Spiel bringen. Der Ausspruch ‚Der Weg ist das Ziel', hatte in seinem Fall immer mit der feinen Gastronomie zu tun. Familienausflüge wurden von mir deshalb grundsätzlich um das Thema Essen gestrickt. Es geschah auch, dass er mit uns spontan per Hubschrauber in die Champagne flog, weil sich dort gerade irgendein Restaurant einen Namen gemacht hatte. Aber noch mehr als das, weil die Region als solche wundervolle Sinnesfreuden versprach. Alte Baumbestände oder Weingüter, die Legendäres wie den Château d'Yquem hervorbrachten.

Genau wie ich, begeisterte sich Otto für die neuesten Hollywoodfilme, welche man seinerzeit noch in einer Videothek ausleihen musste. Wenn unser Kleiner schlief oder noch vor dessen Geburt, genossen wir diese Form der Zweisamkeit sehr. Selbstredend gehörte auch gutes Essen dazu. Dann war oft er es, der in der Küche verschwand, um etwas für uns zu zaubern. In der Anfangszeit war ich zwar noch als Model aktiv und auch später immer auf meine Figur bedacht, aber gegessen habe ich voller Genuss und allemal mehr als Salat ohne Dressing. Das liebte er an mir, und gerade deshalb liebte er es auch, eigenhändig etwas für uns zuzubereiten. Nun gut, er brachte kein Mehrgängemenü einschließlich stundenlangem Klappern mit Töpfen und Pfannen hervor, das nicht. Auch wusste er, dass man mich mit Süßem jagen konnte. Zucker und Fettiges hatte ich noch nie gemocht, wenn man mal von dem Crème brûlée absah, das unser Koch Patrick gelegentlich servierte. Aber da war ja auch ein Bunsenbrenner, also Feuer im Spiel, was es für mich sexy machte. Nein, Otto verführte meine Sinne mit einem perfekt angerichteten Holzbrett. Darauf fand sich dann so etwas wie selbstgemachte Leberwurst vom eigenen Wild auf herrlichem Baguette Parisienne, daneben

Apfelblaukraut und frisch gezupfte Petersilie. Damit konnte er mich glücklich machen, nicht mit teuren Torten, Schokolade oder Pralinen. So sahen seine kleinen kulinarischen Liebesschwüre an mich aus. Er hat mir aber auch anderen gerne Freude bereitet.

Bei alledem war Otto Kern von Schönheit besessen. Als durch und durch visueller Mensch und vollkommener Ästhet umgab er sich auch nur mit Schönem. Das betraf die perfekt angerichtete Wurstplatte genauso, wie die Tatsache, dass ein Kindermädchen nur an einem Tisch mit uns Platz nehmen durfte, wenn es seinen Ansprüchen an Attraktivität genügte. Man mag es verstehen oder nicht, darüber den Kopf schütteln oder nicht, jedenfalls machte ihn das zu einem herausragenden Gastgeber, der seinen Gästen und auch seiner Familie alle erdenkliche Fürsorge für Leib und Wohl zukommen ließ.

Vor besagtem Hintergrund konnte ich auch eine prallbusige, schöne Dänin als Nanny einstellen, ohne Angst haben zu müssen, Otto könne sich ihr womöglich sexuell nähern. Derartige Verwicklungen mit dem Personal – undenkbar! Es entsprach einfach nicht seinem Anspruch an sich selbst.

Wir lebten schon über Jahre in inniger Verbundenheit mit unserem Personal auf dem Schloss, als das Schicksal uns aus der gemeinsamen Idylle riss. Es begann damit, dass unser Koch Patrick über ein seltsames Gefühl im Bein klagte. In einem Gespräch mit Otto und mir teilte er uns nach einem Arztbesuch niedergeschlagen mit, dass er sich eine Auszeit nehmen müsse und als Koch nicht mehr zur Verfügung stehen könne. Für uns eine Katastrophe, weil wir einen exquisiten Koch verlieren sollten, aber noch viel schlimmer, weil Patrick aufgrund einer Krebsdiagnose sein halbes Bein verlieren würde.

Wir alle arrangierten uns bestmöglich mit der neuen Situation und blieben vor allem telefonisch in regem Kontakt zwischen Normandie und Paris. So erfuhr ich von seinen großen Schmerzen nach der Operation oder davon, dass er endlich seine Prothese bekam. Doch damit sollte das Unglück noch kein Ende finden. Am Tag seiner Entlassung rief er mich in München-Grünwald an, um zu berichten, dass seine Ehefrau Mira ihn an jenem Tag von der Klinik abholen würde. Endlich wieder ins eigene Heim mit seiner Mira, noch dazu an seinem Geburtstag – Patrick war überglücklich. Wir freuten uns so sehr für die beiden. Doch am Abend rief er wieder an, besorgt, weil seine Ehefrau nicht gekommen war und er sie auch nicht erreichen konnte. Er war fest entschlossen, ein Taxi zu nehmen, obwohl es ohne fremde Hilfe für ihn nicht zu bewerkstelligen war. Dann sollte ihm eben der Taxifahrer bis zum Fahrstuhl und in den zweiten Stock helfend zur Hand gehen. Ich konnte nicht viel tun, außer meinerseits Mira anzurufen. Aber auch ich bekam sie nicht ans Telefon. Es verging mehr als eine Stunde, bis ein völlig aufgelöster Patrick mich aus der Wohnung anrief.

»Sarah, Mira ist tot!«

»Wie, tot, weck sie auf!«, platzte es aus mir heraus. Mira tot, das war einfach undenkbar, unmöglich.

Ich konnte zuhören, wie er fordernd zu ihr sprach: »Mira, Mira, wach auf!«

Dann wandte er sich hilflos an mich: »Sarah, sie ist kalt, ganz kalt. Aber sie sieht gar nicht tot aus.« Er begann zu weinen. »Sie sieht so zufrieden aus, und sie hat sogar ein Buch in der Hand. Da stehen auch Geschenke für mich, sie hat sie so schön eingepackt. - Mira, wach doch auf!«

Ich reagierte wie in Trance, ohne wirklich denken zu können: »Patrick, du musst die Ambulanz anrufen und die Polizei.«

Das tat er. Ein Amtsarzt stellte den Totenschein aus. Die Polizei wiederum fand die Todesumstände suspekt und verhörte Patrick daraufhin, was vermutlich an Miras Alter von gerade einmal um die 40 lag. Den erlaubten Anruf nutzte er, um sich an mich zu wenden. Anscheinend behandelte man ihn wie einen Verdächtigen. Das war mir zu viel. Am nächsten Morgen flog ich nach Paris und fuhr in seine Wohnung. Patrick und seine Schwester waren vor Ort, weinten bitterlich. In dem Versuch, stark zu sein, ging ich in die Küche, wollte Teewasser aufsetzen. Da verspürte ich Appetit auf etwas Frisches und nahm mir eine Mandarine. In dem Augenblick sah ich Mira vor mir, wie sie diese Mandarine in die Obstablage legt. Jetzt brachen auch bei mir alle Dämme. Sie war tot, und sie würde nicht zurückkommen. Nie wieder würde ich am Wochenende den Kiesweg zum kleinen Manoir hochgehen, um mit ihr bei Kerzenschein zu reden, ihr zuzuhören, mich mit ihr auszutauschen. Nie wieder würde ich ihr liebes Lächeln bei Tisch sehen, so wie sonst, wenn wir Gäste zum Essen empfingen und Mira wie selbstverständlich beim Servieren aushalf. Und was würde jetzt aus Patrick werden? Unser Schloss hatte zwei gute, schützende Seelen verloren.

Für mich brach eine Welt zusammen.

Ich blieb einige Tage, um ihm so gut es ging eine Stütze zu sein. Derweil blieb Otto mit O. J. in der Villa in Grünwald, die wir zu der Zeit schon erworben hatten. Schließlich bat mich Patrick noch, mit ihm gemeinsam Mira in der Pathologie zu besuchen, um von ihr Abschied zu nehmen. Vor Ort sah es völlig anders aus, als von mir erwartet – geradezu surreal. Man kam sich vor wie in einem feinen Privathospital. An der Rezeption stand eine schicke Dame. Patrick fragte nach seiner Ehefrau, als hätten wir einen Krankenbesuch vor uns, und erfuhr die Zimmernummer. Auf einem langen, dunklen Flur war es ausgerechnet das letzte Zimmer rechts. Glücklicherweise betätigte die Mitarbeiterin einen Schalter, und Neonlichter erhellten mit durchdringendem Summen nacheinander den Weg dorthin. In dem sterilen Raum lag Mira aus der Kühlung befreit da, präpariert und irgendwie fremd. Sie wirkte zu klein, war anders geschminkt, die Haare untypisch frisiert. Für Patrick, seine Schwester und mich standen Stühle bereit.

Wir saßen eine Weile wortlos da, als er von seinem Schmerz übermannt plötzlich aufsprang. »Aber das ist nicht Mira, nein, das ist nicht meine Frau!«

Ich musste etwas tun, ihn beruhigen. Also stand ich auf, und mit meiner Hand auf seiner Schulter veranlasste ich diesen weinenden Mann mit Prothese und auf Krücken, sich wieder zu setzen. An sich wollte ich Mira für ihn berühren und küssen, gleichzeitig aber auch meine eigene tiefempfundene Liebe für diese Frau bekunden, sie angemessen verabschieden. Doch ich konnte es nicht. Es heißt ja, bis zu drei Tagen ist die Seele eines Menschen präsent.

Aber auch mir erschien sie fremd.

Stattdessen drehte ich mich zu den beiden Hinterbliebenen um, in der festen Absicht, tröstende Worte zu finden: »Du hast recht, es ist nicht deine Frau. Es ist nur ihre Hülle. Die Seele deiner Mira ist schon im Himmel. Diese wunderschöne Seele ist bei Gott und blickt schon auf uns herunter. Du wirst sie eines Tages wiedersehen, und sie wird dich an die Hand nehmen. Beruhige dich. Alles wird gut.«

Darauf folgte Stille, dann ein gemeinsames Gebet, und wir verließen den ungastlichen Raum.

Abschließend erfuhren wir noch, dass Mira an einem Aneurysma im Gehirn gestorben war. Der Tod war wohl ohne Vorwarnung oder Schmerzen sofort eingetreten. Nun erklärte sich auch ihr zufriedenes Gesicht und das Buch in ihrer Hand.

Patrick kochte nie wieder für uns, aber wir blieben noch über viele Jahre in freundschaftlichem Kontakt.

Bisher dahin war alles wie ein nie enden wollender Traum in den schillerndsten Farben gewesen: das Haus auf St. Barths, das in Saint-Tropez, unser Chateau de Villers in der Normandie und natürlich auch das Wahnsinnshaus im eleganten Pariser Stadtteil Saint-Germain-des-Prés. Aber gelebte Träume haben es nun einmal an sich, dass sie früher oder später zerplatzen. Der Verlust zweier geliebter Menschen in meinem Leben war wie ein düsterer Vorbote.

Otto liebte mich für meine Ehrlichkeit, meine Natürlichkeit und dafür, dass ich ihn um seiner selbst willen liebte. Das habe ich nie in Frage gestellt. Dennoch, nach Jahren der Zweisamkeit geschah etwas mit uns. Es schien mir, als tauchte mein Mann mehr und mehr in eine Midlife-Crisis ein, was ja durchaus nicht unnatürlich war. Doch es begann empfindlich an unserer Ehe zu nagen. Er war noch immer der attraktive, von Kopf bis Fuß gepflegte Mann mit einem alles überstrahlenden Charisma, der aber ungeachtet dessen in grundlose Eifersucht verfiel. Ein harmloser Flirt mit Ayrton Senna, und ich musste ein halbes Jahr lang Ottos nachgeäfften Geräusche von Formel-1-Rennwagen über mich ergehen lassen. Oder ich wurde monatelang mit Karate-Moves geweckt, nur weil sich Jean-Claude van Damme an mir interessiert gezeigt hatte. „The Muscles from Brussels" hatte tatsächlich einmal im Spaß orakelt, er würde mich eines Tages heiraten, worauf ich postwendend erwidert habe, dass ich schon verheiratet sei. Irgendwann reichte schon ein x-beliebiger „Matratzenschlepper" mit Sixpack in der Nähe, um mir Vorhaltungen zu machen. Dabei wusste Otto genau oder hätte wissen müssen, dass ich das alleine nicht sexy fand. Kommentare wie ich hätte „Fick mich!" auf der Stirn stehen, trafen mich ins Mark. Durch die krankhafte Eifersucht und das mangelnde Vertrauen fühlte ich mich zu Unrecht beleidigt und herabgewürdigt. Was war mit meiner Würde, meiner Ehre? Nach außen spielte er weiter heile Welt, präsentierte mich als die beste Ehefrau überhaupt, selbst, wenn wir mit Politikern und Rockstars in irgendwelchen Nobelpuffs feierten, was legendär war. Keine Frau hält das ewig aus. Ich war total erschöpft, fühlte mich elend. Jahr um Jahr hatte ich hell und heiß gebrannt, jetzt war ich ausgebrannt. Mein Licht drohte zu erlöschen. Eine Knotenbildung in der Brust nahm ich als dringende Warnung, um in meinem Leben etwas zu ändern. Dazu noch die Mammografie und eine Arzthelferin, die nichts Besseres zu verkünden wusste, als ihr Beileid zu meiner Krebsdiagnose.

Zwar gab der Arzt aufgrund der Ergebnisse Entwarnung, riet mir aber dennoch, mein Leben zu überdenken. Mir wurde bewusst, mein Körper funktionierte nicht mehr. Weil ich unglücklich war, weil ich nur noch für andere zu funktionieren hatte. Immer schön sein, immer gut gelaunt sein, immer auf Befindlichkeiten und Launen anderer Rücksicht nehmen – es gab nur noch Otto, Sarah fand gar nicht mehr statt.

Acht Jahre waren wir schon zusammen, und ich gab uns noch zwei weitere Jahre. Zu jener Zeit wurde die Marke „Otto Kern“ verkauft – Otto blieb weiterhin beratend tätig – und der Sitz der Firma von Kaiserslautern nach München verlegt. Anfangs stand die Frage im Raum, ob unser Sohn weiterhin in Paris oder doch in München in den Kindergarten und die Schule gehen solle.

Es ergab sich, dass wir während eines Ortstermins in München im Hilton am Tucherpark wohnten, wo wir die VIP-Betreuerin Gabriele Gräfin zu Castell trafen, eine ganz zauberhafte Dame.

»Also Sie zwei würden ja so hervorragend nach Grünwald passen, hach ne, da freue ich mich aber, ich wohne da nämlich auch«, lautete ihr entscheidender, folgenschwerer Satz in etwa.

Es war ein tief verschneiter Wintertag, als wir von München Süd aus und gemeinsam mit O. J. in märchenhafter Atmosphäre auf einer prachtvollen Allee Grünwald erreichten.

»Otto, hier will ich leben!«, stellte ich aus einer Eingebung heraus fest.

Also kauften wir eine Villa in Grünwald und lebten fortan auch dort. Es kam der Tag, als das Schicksal noch drängender bei mir anklopfte. Einer dieser Durchschnittstage, an denen Sohnemann im Einkaufswagen des Supermarktes saß, während ich die Einkäufe in meinen Mercedes SL lud, direkt an der vielbefahrenen Straße nach Solms. Auf der anderen Straßenseite verharrte eine Zigeunerin mit Kopftuch, die mich durchdringend anstarrte. Na, die hat sich aber verirrt, dachte ich noch so bei mir und beeilte mich, meinen Krempel zu verstauen. Umso mehr, als diese Frau nun bemüht war, die Fahrbahn zu überqueren. Ich muss dazu sagen, dass ich bis heute davon überzeugt bin, dass Wahrsagerei und Ähnliches mein Schicksal feinstofflich beeinflussen kann, alleine schon deshalb, weil ich daran glaube. Meine Eile half nichts, sie war schneller und ergriff auch gleich meine Hand. Daraufhin drückte ich ihr einen Zwanziger in die andere Hand.

»Hier, nehmen Sie das, aber ich will nichts wissen!«

Sie ignorierte meine Ablehnung: »Ich muss Ihnen das sagen. In zwei oder drei Monaten werden Sie Ihr Leben verändern. Sie sind für etwas viel Größeres bestimmt.«

Den Geldschein gab sie mir zurück mit den Worten: »Sie werden jemanden kennenlernen.«

Damit wandte sie sich von mir ab und ging.

Eine Woche später – derselbe Supermarkt, mein Filius wieder im Sitz des Einkaufswagens – stand ein Mann hinter mir an der Kasse, mit dunkelbraunen Haaren und in elegantem Kamelhaarmantel, dazu gepflegte dunkelbraune

Schuhe zu dunkelblauen Jeans. Ein Italiener wie aus dem Modejournal entsprungen, so wirkte er auf mich. Und dann dieses freche, selbstsichere Grinsen! Während ich die Einkäufe auf das Kassenband legte, sah ich ihm in die Augen – definitiv länger als drei Sekunden. Verdammt, es hatte mich erwischt. Plötzlich machte sich mein kleiner Hund los, lief direkt zwischen den Beinen dieser sehr männlichen Versuchung hindurch in Richtung der Kundengänge. Doch der rassige Südländer griff reaktionsschnell zu, begab sich seelenruhig zu mir und legte den Ausreißer behutsam in meine Arme. Das war der Gipfel. Mein Herz raste wie lange nicht mehr. Die vergangenen neun Jahre über hatte das keiner der vielen Weltstars und Prominenten in mir ausgelöst – bis auf Otto. Während mich das noch beschäftigte, ging der Fremde schon wortlos an mir vorbei und verließ den Supermarkt. Nach wie vor die Waren einpackend, rotierte es in meinem Kopf.

Auf dem Parkplatz ereilte mich die Vorahnung von einem Zettel an meiner Windschutzscheibe. Das war gar nicht so abwegig, denn auf meinem Autokennzeichen prangten neben dem M für München auch meine Initialen SK. In Grünwald war ich längst ortsbekannt, mein Gesicht ein viel fotografiertes. Und wirklich, mich erwartete ein Zettel mit Telefonnummer unter dem Scheibenwischer. Außerdem eine rote Rose vom nahen Blumenstand, wie ich annahm. Tja, und nun?

Ich fuhr nach Hause und zeigte das Stück Papier Otto, wahrheitsgemäß mit der dazugehörigen Geschichte. Meine Gefühle behielt ich jedoch für mich. Auch die rote Rose wollte ich Otto nicht antun.

»Krass, oder, eine Frau anzusprechen mit Kind?!«, gab ich mich pikiert.

Er warf die Telefonnummer verärgert weg. »Unverschämtheit, eine verheiratete Frau mit Kind! Meine Frau!«

Am nächsten Morgen fischte ich den zerknüllten Zettel aus dem Abfalleimer. Nach einem weiteren Tag rief ich an.

»Ich bin's, Sarah Kern, grüß dich.«

»Oh, wow«, schlug es mir verdattert entgegen. »Ich dachte, du würdest nicht anrufen.«

»Ich rufe auch nur an, weil eine Wahrsagerin mir erzählt hat, dass ich mein Leben verändern werde. Ich glaube, du gehörst irgendwie auch dazu.«

Kurze Zeit später trennte ich mich von Otto Kern, verließ ihn mit fast nichts – ohne Millionen, ohne Haus –, weil ich es so wollte, mich aus eigener Kraft neu erfinden wollte, irgendwie. Einzig unseren gemeinsamen Sohn beanspruchte ich für mich. Nur um ihn hätte ich bis zur letzten Patrone gekämpft.

Kern – Galerie

Sarah und Lars – Zwillinge feiern ihren ersten Geburtstag

Selbstbewusst und eigenwillig von Anfang an

Die Jahre bei „Model Pool"

Mit Opa Helge Rasmussen
beim Spaziergang in Kopenhagen

Mit Mama im Pariser Stadtteil Saint-Germain-des Prés

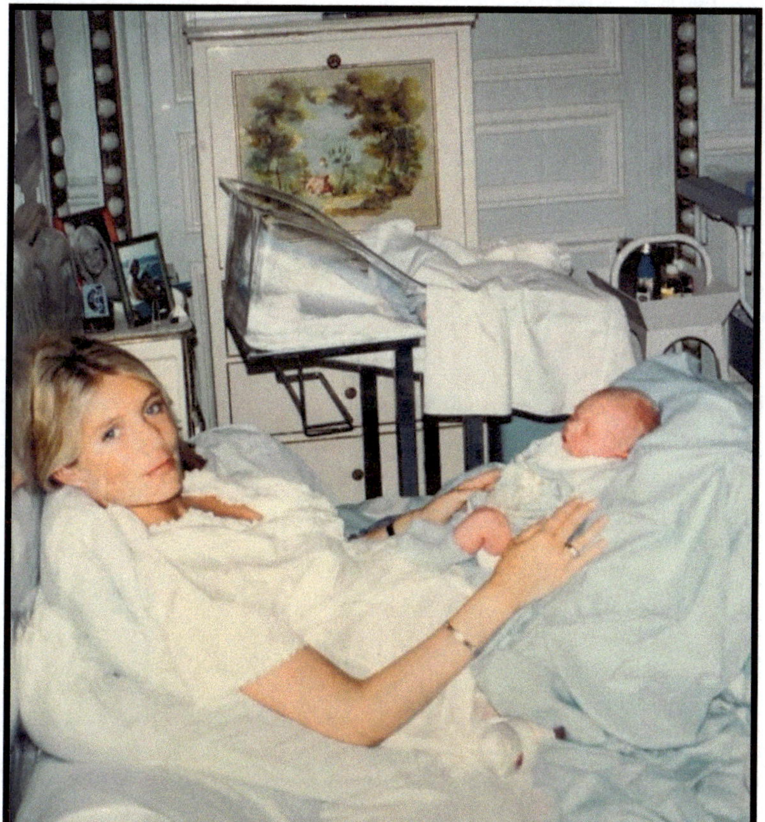

O. J.s Geburt im Pariser „Belvedere“

Mit O. J. im Pariser „Belvedere“

Unser Chateau de Villers in der Normandie

Pool House und Stallung des Chateau de Villers

Im Salon des Chateau de Villers

Inniges Beisammensein mit Stieftochter Candy Kern

Ankunft Otto Kern mit dem Helikopter

Mamas Ankunft zu O. J.s Taufe im Chateau de Villers

Mit unserem Koch Patrick begrüße ich meinen Otto

Candy, Mama, Koch Patrick und seine Mira
in der Küche des Chateau (v. l.)

Meine Hochzeit mit Otto Kern

Zur Hochzeit ein Gruppenfoto
im Park unseres Chateau de Villers

Lieblingsfoto mit meinem Sohn O. J.

Entspannte Tage auf der Karibikinsel Saint-Barthélemy

Blick auf St. Barths von unserem Haus aus

Otto und ich während
eines Botschaftsempfangs mit Jassir Arafat

Die Geburt meines Sohnes Romeo

Sarah Kern Fashion

Homeshopping bei Channel21
mit Moderatorin Alexandra Phillips

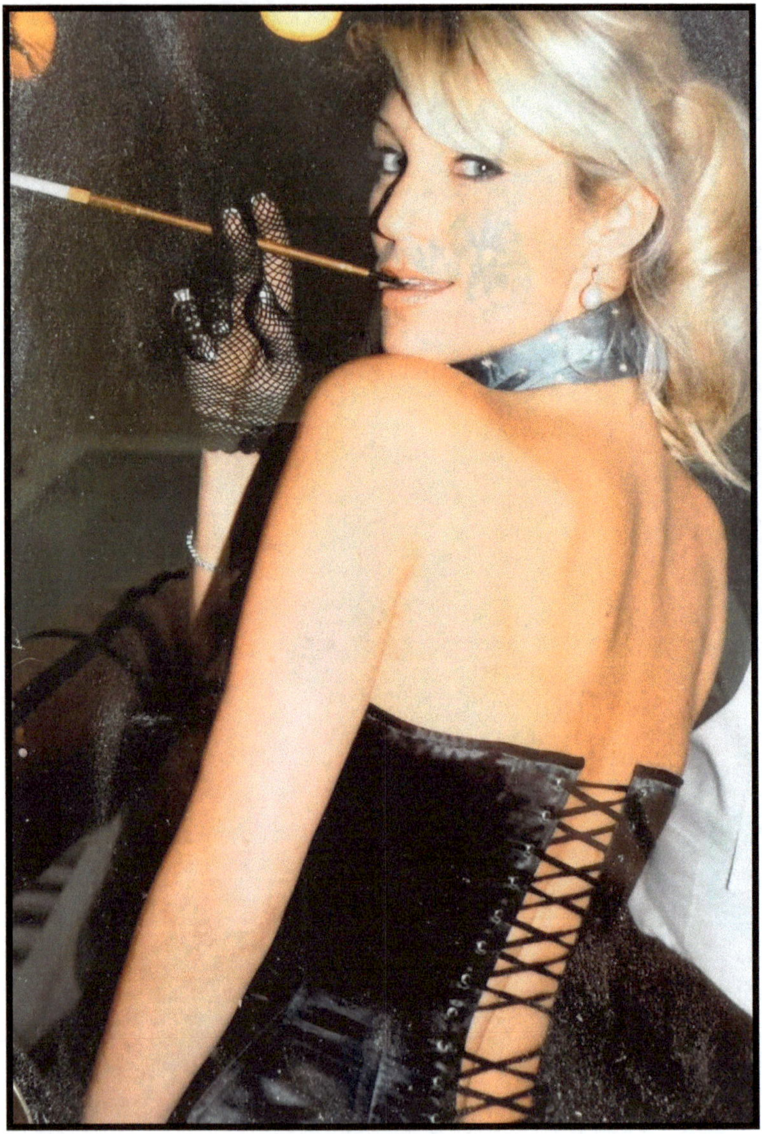

Auf einem Moulin Rouge Event in München

Fantasievolles Fotoshooting auf Malta

Fotoshooting mit „Buddy“ auf Malta

Unser Halsbandsittich „Blue“

Ritterschlag zur ‚Dame of Magistral Grace' in Rom

In Begleitung meines Zwillingsbruders Lars in Rom

Innehalten in der Ewigen Stadt Rom

Ganz eins mit der Natur

[Quelle: PLAYBOY – Ausgabe 2/2024]

Im Reality-TV-Format von RTL
„Ich bin ein Star – Holt mich hier raus!“

Nachdenkliche Momente auf Zypern

Gestärkt und voller Zuversicht auf Zypern

Traumhafter Blick auf mein Malta (Hauptstadt Valletta)

Das fünfte Leben der Sarah Kern: Wie Phoenix aus der Asche

Dass ich meiner Ehe und der damit verbundenen gesicherten Existenz – die ich ja durchaus eigenhändig mit erarbeitet hatte – im Jahr 1999 den Rücken kehrte, stürzte mich zunächst in Selbstzweifel. War das alles wirklich vernünftig und erfolgversprechend, was ich damit lostrat? Da war ja auch die Verantwortung für meinen Sohn. Und die harte Realität – das wirkliche Leben, wenn man so will – machte schonungslos deutlich, dass mir selbst das Einkaufen beim Metzger fremd war. Plötzlich gab es keine Hausangestellten mehr, die für derlei Dinge Sorge trugen. Aber wenn ich etwas war, dann eine freiheitsliebende Kämpferin. Ich wollte wieder ich selbst sein dürfen, und so lernte ich zügig alles, was erforderlich war.

Die Liaison mit dem feschen Autohändler aus dem Supermarkt war nur von kurzer Dauer, und meine Eltern eröffneten mir, dass sie mit diesem Stress jetzt nichts zu tun haben wollten und ich mich ja aus freien Stücken dafür entschieden hätte. Recht hatten sie. Um mich selbst neu zu erfinden, wäre eine Zuflucht bei meinen Eltern wohl absolut kontraproduktiv gewesen.

Als Kind spontaner Entscheidungen blieb ich vor dem Schaufenster eines Tattoo-Studios stehen. Wieso eigentlich kein Tattoo – das erste in meinem Leben, passend zu meinem neuen Leben. In der bürgerlichen Gesellschaft jener Zeit wurde man damit zwar noch schief angeschaut – so etwas schickte sich einfach nicht –, aber ich fand kleinkarierte gesellschaftliche Normen ja ohnehin nicht sexy. Also betrat ich das Studio. Der Inhaber war sympathisch und vermittelte mir ein gutes Gefühl. Aber was für ein jungfräuliches Motiv sollte es denn nun werden? Es gab Tausende von Möglichkeiten. Das Symbol von Yin und Yang gefiel mir. Davon angeregt, ging mir der Begriff „Ch'i" durch den Kopf. Keine Ahnung, wo ich den aufgeschnappt hatte oder was genau er bedeutete. Ich wusste nur: Es handelte sich um etwas Chinesisches. Also griff ich zum Handy – im Jahr 1999 erhielt man seine Auskünfte noch über 11 88 0 – und ließ mich mit einem beliebigen chinesischen Restaurant in München verbinden, wo mich eine einladende Stimme mit »„Glüß" Gott!« begrüßte.

»Ja, grüß Gott. Ich möchte eigentlich nichts bestellen oder reservieren. Aber können Sie mir bitte erklären, was „Ch'i" bedeutet? Das ist für mich gerade sehr wichtig.«

Daraufhin erklärte mir dieser freundliche Chinese, dass das Ch'i meine Lebensenergie sei, meine innere Kraft aus der Mitte. Das war genau, was ich hören wollte. Ich bedankte mich und beendete das Telefonat.

»Okay«, wandte ich mich aufmunternd dem Tätowierer zu, »bitte ramm' mir das Ch'i auf den Knöchel.«

Genau das brauchte ich mehr denn je, meine innere Stärke. Ich wollte es ohne Otto und sein Vermögen schaffen, ohne fremdes Geld klarkommen. Nach jedem Duschgang, immer, wenn ich die Beine hochlegte oder Socken anzog, sah ich von nun an dieses Schriftzeichen. Es sprang mich jedes Mal an, dieses: In der Ruhe liegt die Kraft, glaube an dein Ch'i und alles wird gut!

Ein Filmproduzent lud mich in sein Haus nach Wien ein. Mit mir gemeinsam wollte er dort das Drehbuch für ein TV-Format zu meinem Leben entwickeln. Da er häufig zwischen Wien und Hollywood pendeln musste, hätte ich in dieser Zeit der kreativen Zusammenarbeit in seinem Haus wohnen und darauf achtgeben können. Leider entwickelte sich das Arrangement privater, als mir lieb war, auch wenn es sich um einen intelligenten, weisen Mann handelte. Nun saß ich also in dem wunderschönen Wien fest, das intensivst die K.u.k.-Monarchie atmete und meine ohnehin schon melancholische Stimmung immer weiter bediente. Es war, als wäre ich in einer Zeitmaschine zurückgeschickt worden, gestrandet zwischen Sachertorte und „Küss' die Hand, gnä' Frau" – eingestaubt, bieder und gemächlich. Ich hatte das Gefühl, als würde der schnelle Zug der Moderne und Aktualität unerreichbar an mir vorbeirauschen. Und ich war nun mal ein schneller Mensch, modern und immer auf der Überholspur. Diese erste wirkliche Erfahrung mit der Melancholie hatte schöne Momente, denn eine reinigende Traurigkeit lässt auch klarer sehen, vieles intensiver wahrnehmen. Aber weil ich in meinem Wesen halt das genaue Gegenteil von einem traurigen Menschen war und bin – unter einem Feuerzeichen stehend, lebendig und lebenshungrig –, erdrückte mich dieser Gemütszustand auch. Das änderte sich auch nicht, als ich in ein Hotel umzog, bis O. J. das Schulhalbjahr in Wien beendet hatte.

Nein, in Österreichs Hauptstadt würde sich mein von der Zigeunerin geweissagtes Schicksal bestimmt nicht erfüllen.

Auch an Otto ging unsere Scheidung nicht spurlos vorüber.

Die Erinnerungen an eine gemeinsame glückliche Zeit waren offensichtlich zu schmerzlich. Man muss bedenken, für einen Otto Kern war es zuvor undenkbar gewesen, dass jemand ihn verlassen könnte, ihn, den großen Otto Kern. Aber ich hatte es getan, von einem Tag auf den anderen, noch dazu ohne Teile seines Vermögens oder der Immobilien einzufordern. Der einzige rationale Grund dafür war: Ich hatte ihn wirklich geliebt, und er hatte als Ehemann letztlich versagt. Diese Erkenntnis muss ihn sehr hart getroffen haben. Und dass er darunter litt, tat auch mir weh. Aber die Würfel waren gefallen.

In der Münchener Maximilianstraße bezog ich mit O. J. eine kleine Zweizimmerwohnung. Ich schlief auf einer Schlafcouch, mein Sohn bekam sein eigenes anständiges Zimmer. Wenigstens ihm sollte es nach Möglichkeit an nichts fehlen. Es gab auch eine kleine niedliche Küche, die für unsere Belange völlig ausreichte. Anfangs versuchte ich beim Metzger umständlich mit Fingergesten, die Mengen zu den von mir gewünschten Wurstsorten anzugeben. Dass eine eloquente Kundin neben mir ihre Wünsche in konkreten Grammzahlen ausdrückte und wie viel sich dann in Quantität auf dem Papier wiederfand, war für mich überaus spannend. So lernte ich erstmals auch als Hausfrau enorm dazu. Und auch ohne Champagner, Austern und Kaviar konnte das Leben schön sein. Für O. J. mit seinen nunmehr sieben Jahren war es halt kein großes Schloss mehr, sondern ein sehr kleines. Es war ihm gleich.

Eine typische Geschichte begab sich, als ich in jenen Tagen bei meinem vertrauten Friseur in Grünwald saß und alle

Welt zu glauben schien, ich hätte Otto Kern als reiche Frau verlassen. Natürlich, das Papier der Journaille war geduldig, und ich hatte die Wahrheit seither auch nicht öffentlich thematisiert.

Mein Friseur und ich waren gerade im angeregten Gespräch vertieft, als sich eine „vertrocknete", offenbar sehr unbefriedigte Frau – wie es für Gewohnheitsehen ohne Höhepunkte gerne gang und gäbe war – mit süffisantem Grinsen ungefragt einmischte: »Na ja, das ist ja dann auch einfach, den Alltag zu gestalten, wenn man viel Geld hat, ne, Frau Kern?!«

»Wissen Sie, was ich gestern mit meinem Kind gemacht habe, werte Dame? Ich habe für eine Mark 20 Marshmallows gekauft. Dann sind wir mit den Fahrrädern an die Isar gefahren, an einem wunderschönen Altar vorbei, wo wir anhielten und über Gott philosophiert haben. Ein Stück weiter haben wir Steine auf dem Wasser tanzen lassen und sind dann weitergefahren bis zu einem schönen freien Platz. Dort haben wir Stöckchen gesammelt, um ein kleines Feuer zu machen und die Marshmallows zu rösten. Aus den restlichen Stöckchen haben wir ein kleines Floß gebaut. Dafür hatte ich extra auch eine Schnur gekauft, für ganze 80 Pfennige. Gemeinsam haben wir dieses Floß eine ganze Weile an der Isar entlang durchs Wasser gezogen und danach noch einen abenteuerlichen Pfad durch den Wald entdeckt. So, und diesen Tag wird mein Sohn ganz sicher nicht mehr vergessen. Diese Stunden haben mich nur knapp zwei Mark gekostet. Wissen Sie, Liebe und Abenteuer haben mit Geld rein gar nichts zu tun.«

Im Raum war es still geworden.

Die betreffende Kundin sah beschämt weg und vermied jeden weiteren Augenkontakt, während mein Friseur zufrieden lächelnd den Föhn wieder anwarf.

Es mag Menschen schwerfallen zu glauben, dass eine Ehefrau sich von einem Multimillionär auch ohne gehöriges Stück vom Kuchen trennen kann, zumal bei einem gemeinsamen Kind.

Frauen wie Barbara Becker haben ihr Recht ja auch erstritten und gezeigt, wie es gehen kann. Aber deswegen musste es ja noch lange nicht mein Weg sein. Otto und mich hatte etwas ganz Besonderes verbunden, und so war eben auch unsere Trennung etwas Besonderes.

Nur, dass kein Missverständnis aufkommt, ich liebe Barbara Becker, mag sie wirklich sehr. Ich weiß noch, das letzte Mal haben wir uns im Hotel Adlon in Berlin getroffen, da war sie bereits von Boris Becker geschieden. Es war ein Vormittag, und ich saß gerade im Adlon, weil ich bei Berlin-Besuchen immer dort abstieg.

Ich war übernächtigt – irgendwie forderte mir diese Stadt immer alles ab – und ein Katerfrühstück vonnöten: Currywurst mit Goldblättchen und Beilagen auf Zeitungspapier. Wie geil und belebend war das denn?! Und einzigartig, wie die deutsche Hauptstadt nun mal ist, du findest immer jemanden zum Reden und redest auch, wenn du eigentlich gar nicht kannst und willst. Wie es der Zufall mir nun zugestand, saß da die zauberhafte Barbara Becker. Wir hatten uns ewig nicht mehr gesehen und feierten herzliches Wiedersehen. Was für eine charismatische Frau, toll. In meinen Augen hatte sie Boris erst echten Glamour und Internationalität verliehen. Aber auch mit seiner zweiten Ex-

Ehefrau Lilly hat er ein ganz gutes Händchen bewiesen – Chapeau, Boris!

Aus der Anfangszeit nach meiner Rückkehr aus Wien stammt eine weitere Anekdote, die ich wohl nie vergessen werde: O. J. und ich besuchten gerne unsere altvertrauten Gefilde in Grünwald. Er war dort ja noch in den Kindergarten gegangen. Dazu passend gab es natürlich auch einen Spielplatz, auf dem wir uns seinerzeit häufig haben sehen lassen. Also fanden wir uns jetzt mit einem Basketball dort ein, um vielleicht ein paar Körbe zu werfen.

Kaum angekommen, trat eine Frau mit kleinem Kind an mich heran: »Frau Kern, wie schön, Sie wiederzusehen. Sie und ich, wir waren die einzigen Mütter auf diesem Spielplatz in Grünwald, die nicht ihr Kindermädchen geschickt haben. Ich werde nie vergessen, wie Sie im Sommer die Schuhe ausgezogen haben, mit ihrem Kind höher als hoch um die Wette geschaukelt sind und Weitsprung-Duelle gemacht haben. Sie waren immer selbst mit ihrem Kind hier. Und das will ich Ihnen nur sagen, ich fand Sie als Mutter immer ganz toll.«

Wir haben uns dann noch nett unterhalten.

Ja, mir hat es immer Spaß gemacht, selber viel Zeit mit O. J. und später dann auch mit Romeo zu verbringen, in der Mutterrolle ganz aufzugehen. Ob Fahrrad, Mountainbike, Jetski oder Skier, alles hat mich begeistert, und ich konnte diese Leidenschaft mit meinen Kindern teilen – ob in Luxus schwelgend oder nicht, wo auch immer wir uns gerade aufgehalten haben. Ich bin halt immer auch Kind geblieben, was meiner Meinung nach auch ein wichtiger Faktor für junges Aussehen und frisches Auftreten, Humor, Intuition,

Neugierde und Kreativität ist. Wer sich das Kindsein im Herzen nicht bewahrt, wird schnell alt. Nicht wenige meinen ja, man könne alternativ auch viel Wasser trinken oder sich Botox spritzen lassen. Ladies, es ist die Einstellung – plus das Wasser!

Bei der Verleihung des Bayerischen Filmpreises sollte ich zwei von mir sehr verehrte Menschen wiedertreffen, neben welchen ich zu meiner großen Freude auch platziert wurde: Mario Adorf und seine Ehefrau Monique. Was für ein herzliches Wiedersehen! Ich war umso gerührter von deren unveränderter Zuneigung, als ich ja geschieden und Otto Kern nicht mehr an meiner Seite war. Es wurde ein toller Abend mit einer Auszeichnung für Mario. Monique ihrerseits konnte dank mir frei Schnauze in französischer Sprache parlieren. Sie tat es laut und schnell, ich zeigte mich ebenso extrovertiert. Vermutlich hat nicht viel gefehlt, und wir beide hätten der streng durchorganisierten Veranstaltung unseren persönlichen Stempel aufgedrückt.

Ungeachtet dessen, dass ich von Otto geschieden war, luden die beiden mich zu sich nach Saint-Tropez ein. Eine Geste der Freundschaft, die mir sehr wohl tat. Monique war ja gebürtige Tropezanerin und noch immer die elegante, witzige und kultivierte Dame, Mario der ebenso kultivierte aber in sich ruhende Gentleman. Ein Bild aus jenen Tagen hat sich auf ewig in mein Gedächtnis eingebrannt: wie er am Tag meiner Abreise Schwimmkappe und Brille aufzog, durch den Pool schwamm und dabei den Text für seinen nächsten Spielfilm oder vielleicht auch ein Theaterstück auswendig lernte. Dabei verfiel er in ein Zwiegespräch zur

Rollengestaltung, wägte Für und Wider ab. Währenddessen lag das Skript nahe auf einem Beistelltisch. Es war faszinierend, das zu erleben. So oder ähnlich lernten große Schauspieler also ihre Rollen.

Schließlich war es an der Zeit, mich zu verabschieden – mit Dank für die warmherzige Gastfreundschaft.

»Sarah, komm mal eben mit hoch, ich möchte dir noch mein neues Buch schenken.«

Aber nicht nur das, er schrieb mir auch eine persönliche Widmung hinein, die von Herzen kam. Die beiden zollten mir einen Respekt und eine aufrichtige Wertschätzung, die mir viele andere Bekannte und sogenannte Freunde, insbesondere in München aber auch im übrigen Deutschland, nicht mehr entgegenbrachten. Leute, die offenkundig nur auf den persönlichen Vorteil und eine medienwirksame Portion Glamour aus waren. Da passte eine endgültige Trennung vom „großen" Otto Kern natürlich nicht ins Konzept. Mario Adorf und seine Monique waren da aus anderem, edlem Holz geschnitzt.

Mario und Monique, dafür werde ich euch beide auf ewig lieben und in meinem Herzen tragen.

Aber zurück zum Neustart nach der Ehe. Für meinen Sohn fand ich eine Privatschule und meldete ihn parallel bei Ex-Weltmeistern aus Ex-Jugoslawien zum Kickboxen an.

Sehr sympathische Jungs, sodass auch ich die eine oder andere Privatstunde nahm. Aber vor allem blieb es nicht aus, dass ich mit den Eltern anderer Kinder beim Training zuschaute und man ins Gespräch kam. Wie es so üblich ist, lernte man sich nach und nach besser kennen, und einer der

Väter unterbreitete mir schließlich einen interessanten Vorschlag.

»Sarah, da gibt es einen Typen, der möchte dich gerne kennenlernen. Der sitzt direkt am Marienplatz, mit der lukrativsten Boutique in ganz München. Da gehen die ganzen Touristen, Japaner, Muttis rein. Das musst du dir unbedingt angucken.«

Warum nicht, das gebe ich mir, dachte ich nur und rief gleich am nächsten Tag an, um mit Termin zeitnah dort aufzuschlagen. Strategisch exzellent gelegen, ging es den Aufgang zu einer vergleichsweise kleinen Boutique hoch, wo mich ein älterer Herr begrüßte. Der fand meinen beruflichen Hintergrund mit Otto Kern gut, allem Anschein nach aber genauso mich als Frau. Das Warensortiment überzeugte. Es machte Sinn, dass der Laden gut lief. Insbesondere aufgrund glitzernder und fantasievoll anmutender Oberteile, die genauso von jungen wie von älteren Damen getragen werden konnten und außerdem von sehr guter Qualität waren.

Wir gingen noch eine Etage höher in sein Büro, wo er auch gleich Nägel mit Köpfen machen wollte: »Hier wäre dann Ihr Büro, hier können Sie zeichnen. Ich würde Sie gerne anstellen.«

Der Blick aus dem Fenster war wirklich schön, direkt auf das alte Rathaus. Die übrigen Arbeitsräume, welche außerdem Privatwohnung meines Gesprächspartners waren, wirkten weniger ansprechend auf mich. Splitternackte Weiblichkeit gepaart mit Swarovski-Stein-Tapete und dem üblichen Münchner Schischi, das machte mir die Entscheidung noch leichter.

»Vielen Dank für das Angebot, aber lassen Sie uns mal wieder runtergehen. Ich suche nicht nach einer Festanstellung und stehe momentan auch nicht zur Verfügung. Aber könnten Sie mir sagen, wer ihre Glitzerware produziert hat?«

Bereitwillig erhielt ich die Auskunft, dass es sich um Retourenware von einem großen Homeshopping-Sender handelte, die er regelmäßig ankaufte. Das käme super an.

»Das glaube ich gern. Würden Sie mir wohl den Kontakt zum Produzenten der Ware geben?«

Auch das tat er, was ich wirklich sehr entgegenkommend und nett fand. Wir verabschiedeten uns herzlich voneinander.

Neben der festen Absicht, mein weiteres berufliches Leben nicht als Angestellte zu fristen, wurde mir beim Liebäugeln mit der Homeshopping-Branche schnell noch etwas anderes klar: Ich wollte bezahlbare Mode für jede Frau machen, von jung bis alt, egal ob mit Übergröße, schlank oder sehr dünn. Über diese Schiene konnte ich ein breites Publikum erreichen. Couture-Kleider gespickt mit Swarovski-Steinen, womöglich nur in Größe 34 und ausschließlich zum Tragen auf roten Teppichen geeignet, widersprachen meiner Vorstellung komplett, so sehr ich es auch privat schätzte. Mir war natürlich voll bewusst, dass es wiederum dem widersprach, was von mir als Otto Kerns Ex-Frau erwartet wurde. Da mich die Erwartungshaltung von Leuten aus meiner Vergangenheit aber nicht die Bohne interessierte oder anders ausgedrückt, weil ich meinem eigenen Verstand und Instinkt vertraute, verfolgte ich konsequent einen ganz individuellen Weg.

Noch am selben Tag rief ich die Kontaktperson an, einen gewissen Martin Neumeier, der am Tegernsee wohnte, wo ich ihn kurzerhand besuchte. Die Chemie zwischen uns stimmte von der ersten Minute, und so schlug ich ihm vor, doch gemeinsam Oberteile nach meinen Designs für HSE24 zu produzieren. Das auserkorene, gut aufgestellte Homeshopping-Unternehmen hatte seinen Sitz zudem in München, war also auch geografisch günstig gelegen. Kurzum, wir wurden uns einig und noch im Jahr 2002 Geschäftspartner.

Mit eigenem Büro und Designteam entstand die erste kleine Kollektion an Musterteilen. Damit sprach ich bei HSE24 vor, wo ich in einer simulierten Homeshopping-Verkaufssendung mit besagter Musterkollektion zu überzeugen hatte.

Die Resonanz der Verantwortlichen auf meine Darbietung hörte sich in etwa so an: »Frau Kern, Sie sind eigentlich viel zu jung und zu schön für unsere Kundschaft, die ist eher ab 50 aufwärts. Und so richtige Modemacher im Verkauf haben wir eigentlich auch nicht. Aber warum nicht, wir können ja gucken, wie es läuft. Wenn es gut läuft, bleiben Sie im Boot, ansonsten eben nicht.«

Es folgten vertiefende Moderationstrainings zu: Was kann und sollte man sagen, was sollte man keinesfalls sagen, was drückt man branchenspezifisch wie aus und anderes mehr. Von Beginn an sorgten mein frisches Auftreten und die ungezwungene Präsentation über die reinen Verkaufstechniken hinaus für einen unglaublichen Erfolg. Das hatte es so noch nicht gegeben. Zu meinen Blusen und Shirts gesellten sich schnell auch Röcke, Blazer und Hosen – alles mit dem Label „Sarah Kern“. Ich war zur ersten echten Modemacherin im deutschsprachigen Raum geworden. Die Kollektionen generierten in atemberaubender Geschwindigkeit erste Millionenumsätze.

Das also hatte die Wahrsagerin vor dem Supermarkt in Grünwald mit ihren Worten gemeint, ich sei für etwas viel Größeres bestimmt und würde jemanden kennenlernen.

Auch nach meiner Scheidung und insbesondere im Zuge meines eigenen beruflichen Erfolges war ich viel in der Welt unterwegs, auch an gewohnten Orten wie Saint-Tropez oder New York. Dabei kam ich zu dem Schluss: Mit der Jahrtausendwende 2000 hatte sich auch die Leichtigkeit des Seins verflüchtigt, wie sie noch in den 90ern allgegenwärtig gewesen war. „Le savoir vivre“, „La dolce vita“ – alles war weniger ungezwungen, weniger wild, weniger sexy. Man war einfach nicht mehr so kultiviert, witzig, spontan und bunt in seinem Tun. Ein Grund mehr für mich genau dieses verblasste Lebensgefühl wo und wann immer möglich zu neuem Leben zu erwecken.

Fürst Albert II. von Monaco war Gastgeber eines Empfangs in der Schweiz.

Auch ich war geladen und lief gerade über den roten Teppich, als hinter mir jemand rief: »Two-Point-Five, ça vas?!«

Das konnte doch nicht wahr sein, mein alter Freund Emanuele Filiberto di Savoia war auch am Start.

»Mais t'es où?!« Hocherfreut wirbelte ich in Richtung seiner Stimme herum.

»Kameras an!«, hörte ich nur noch, bevor das Blitzlichtgewitter losging und zahllose Blicke uns trafen.

Als wir uns endlich in den Armen lagen, erzählte mir der enge Freund zuallererst, wie stolz Otto auf mich sei, weil ich mit meiner Mode ja viel mehr Umsatz machen würde als er jetzt. Kunststück, Otto hatte sein Unternehmen ja auch verkauft. Aber Fakt war natürlich schon, dass ich mittlerweile Millionenumsätze einfuhr. Otto, zu dem seit Jahren kein enger persönlicher Kontakt mehr bestand, verfolgte meinen beruflichen Werdegang demzufolge genau und gönnte mir den Erfolg. Natürlich wusste ich, dass vor allem die Eifersucht seiner vierten Ehefrau jeden freundschaftlichen Kontakt zu mir verhinderte. Entscheidend für mich war in diesem Moment aber nur, dass er auf mich stolz war und sich nicht scheute, es gemeinsamen Freunden auch zu sagen. Aus dem Munde eines Otto Kern war das wie ein Ritterschlag. Dass er nicht schlecht über mich reden würde, habe ich hingegen schon gewusst, als ich ihn verließ. Es entsprach nicht seinem Charakter. Ich habe ihn auch nie schlecht über andere reden hören. Genau so werde ich ihn immer in Erinnerung behalten. Jemand fragte mich einmal, was ein Mann mitbringen müsste, damit ich mich in ihn verliebe.

Darauf antwortete ich knapp: »Er muss einfach nur den Raum erhellen.«

Egal, ob Otto Kern einen Raum, einen Saal oder eine Halle betreten hat, schien dieser Ort wie von tausend Kronleuchtern erhellt zu werden.

Er war immer schon die unangefochtene Hauptattraktion gewesen.

Da stand ich nun mit dem ältesten Enkel des letzten Königs von Italien auf dem roten Teppich in der Schweiz und war den Tränen der Rührung nahe.

Noch ein Wort zum Anlass der Abendveranstaltung: Fürst Albert II. von Monaco widmete sich längst intensiv der Umwelt und war aus diesem Anlass auch in der Schweiz, bemüht um internationale Aufmerksamkeit und Aufklärung. Er gehörte zu den ersten Persönlichkeiten, die die Vermüllung der Weltmeere mit Plastik lautstark anprangerten. Mit eindringlichen Filmdokumenten und Vorträgen redete er insbesondere den Reichen und Mächtigen ins Gewissen, brachte die Medien ins Spiel und sammelte Spenden. Damit handelte er in der Tradition des ehemaligen US-Vizepräsidenten Al Gore, der mit seinem Buch „Wege zum Gleichgewicht – Ein Marshall Plan für die Erde" bereits in den frühen 90ern unbequeme Wahrheiten angesprochen hatte. Deshalb war ich vor allem in der Schweiz, weil mir neben dem Tierschutz eben auch schon das ökologische Gleichgewicht unserer Erde wichtig war und ich Flagge zeigen wollte. Seriöse ethisch-moralische und politische Inhalte zogen mich an.

Deutsche „Rote-Teppich-Veranstaltungen" und Galas für die „Show-Galerie" besuchte ich hingegen selten, weil ich kein Interesse daran hatte, zu jeder „Telefonzellen"-Eröffnung zu gehen, nur um öffentlich stattzufinden.

Genau mit diesem gesellschaftlichen Marathon war ich ja etliche Jahre bis zur Schmerzgrenze und darüber hinaus konfrontiert gewesen. Ich empfand es daher sogar als Bereicherung, eine Zeit lang gar nicht mehr öffentlich stattzufinden.

Im Jahr 2006 lösten Martin Neumeier und ich unseren laufenden Vertrag einvernehmlich auf, sodass ich meine Kollektionen fortan direkt mit HSE24 produzieren konnte – selbstverständlich nach wie vor unter meiner Marke „Sarah Kern". In der Folgezeit flog ich parallel auch nach London, Paris und Rom, um mich in entsprechenden Homeshopping-Formaten dort erfolgreich zu etablieren. Dabei kam mir meine Mehrsprachigkeit zugute, wobei ich mich im Italienischen weitestgehend auf An- und Abmoderation beschränkte. Selbst mir sind Grenzen gesetzt. In Deutschland produzierten wir außerdem noch für das russische Fernsehen.

Als erfolgreiche Geschäftsfrau, die als Modemacherin überzeugte und die richtigen unternehmerischen Entscheidungen getroffen hatte, saß ich bei einer Gelegenheit in bester Gesellschaft an einer langen Tafel. Zugegen war ein Teil der Swarovski-Familie, zu meiner Linken saß eine sehr elegante ältere Gräfin und einige Stühle versetzt mir gegenüber der Inhaber einer namhaften deutschen Bekleidungskette. Nach und nach wurden die Speisen kredenzt und währenddessen angeregte Gespräche geführt.

»Sarah, ich habe dich gesehen auf diesem Homeshopping-Sender, auf diesem Hausfrauensender! Das ist ja lustig, da habe ich aber sehr gelacht«, wandte sich besagter Bekleidungsketten-Inhaber über den Tisch hinweg laut und mit offenem Spott garniert an mich.

Die übrigen Tischgespräche verstummten schlagartig, eine erwartungsvolle Stille machte sich breit. Nun kam es auf mich an. Die berühmt-berüchtigten drei Sekunden des Durchatmens waren dringend erforderlich.

»Lieber Freund, ich habe gestern 80.000 Euro Umsatz gemacht – pro Stunde. Sechs Stunden waren es im Ganzen. Ich glaube nicht, dass man sich als Frau, die mit fast nichts aus einer Ehe gegangen ist, schämen muss, Geld zu verdienen. Und schon gar nicht auf diese Weise. Ich glaube, es war unternehmerisch recht klug von mir, dass ich diesen „Hausfrauensender" gewählt habe.«

In die erneute Stille hinein rief die elegante Gräfin neben mir begeistert: »Mais bravo! Mais bravo!«, dabei in die Hände klatschend.

Wohlwollendes Nicken am Tisch und wir konnten uns endlich wieder den kulinarischen Köstlichkeiten zuwenden. Von dem am Nasenring vorgeführten Herrn war den restlichen Abend über nicht mehr viel zu hören. Touché!

Während meiner Jahre bei HSE24 haben so manche Damen, die einen prominenten Namen hatten, an der Studiopforte geklopft, um es mir gleichzutun. Den meisten von ihnen gelang es nicht. Einfach nur prominent zu sein und den eigenen Namen beizusteuern, reichte eben nicht aus. Dieses Geschäft war unbedingt authentisch, die Kundenklientel ließ sich nichts vormachen. Man musste lieben, was man tat, musste persönlich etwas mit den Designs zu tun haben und für Qualität einstehen können. Ich für meinen Teil liebte jedes einzelne Stück, das ich präsentierte. Später kamen noch meine eigenen Schmuckkollektionen hinzu, für die das ebenso galt – selbstverständlich.

Mit dem Erfolg wuchs auch der Mut, sich an immer neue Produktthemen heranzuwagen. So hatte ich zwischenzeitlich eine Haushaltssendung, habe sogar gekocht, wobei ich mein pinkes Kochgeschirr mit Glitzersteinchen feilbot – in Kooperation mit einem deutschen Kochgeschirrhersteller entstanden – und dazu passende Kaffeemaschinen.

Selbst Bettwäsche und Handtücher habe ich designt.

Eine wertvolle Zutat für den ungebrochenen Erfolg – sozusagen das Salz in der Suppe – waren ohne Frage auch die von mir passend dazu vorgetragenen Jet-Set-Storys. In einem Augenblick sprach ich über Spiritualität, Dankbarkeit und Demut, im nächsten über die Welt der Reichen und Schönen, wobei das eine wie das andere wahrhaftig war, weil von mir gleichermaßen erlebt und empfunden. Nichts ist mehr sexy und begehrenswerter, als ein ansehnliches Produkt von Qualität, das dazu noch für eine tolle Story steht – zu einem erschwinglichen Preis.

Die Marke „Sarah Kern" entwickelte sich zu einer tragenden Säule des Homeshopping-Unternehmens.

Aus meiner kleinen Zweizimmerwohnung war schnell eine große Penthouse-Wohnung mit viel Marmor in München-Giesing geworden, und ich lernte meinen künftigen freien Manager und guten Freund Gregor Leutgeb kennen. Wir bildeten ein kongenial witziges Team: er mit seinem Netzwerk bis in die internationale Filmwelt, ich mit meinem Erfolg als Modedesignerin. Wenn ich sagte, »Gregor, ich habe Lust auszugehen, organisiere uns doch irgendwo einen schön gemischten Tisch mit netten Models, vielleicht einem Arzt oder Anwalt und ein paar Gangstern«, dann wusste er genau, was gemeint war und brachte innerhalb kürzester Zeit eine Runde aus zehn bis zwanzig sehr unterschiedlichen, spannenden Menschen zusammen. Im Grunde konzentrierten sich Gregors berufliche Aktivitäten für mich auf Kontakte knüpfen und Netzwerken, denn einen klassischen Manager wollte ich nicht.

Ich bin einfach nicht der Typ, der sich umfassend managen lässt, noch nie gewesen.

Mein Leben in München war endlich wieder lustig und abwechslungsreich. Zum Ausgleich hatte ich noch ein Wochenendhaus in Kitzbühel, was in der Münchener Schickeria seinerzeit zum guten Ton gehörte.

Der berufliche Erfolg fiel nicht vom Himmel, er war sehr hart erarbeitet. Ich hatte oft bis zu neun Stunden am Tag Livesendungen, in denen verschiedene Kollektionen und Produktlinien von Textilmode und Schmuck über Bettwäsche bis hin zu Kochgeschirr überzeugend präsentiert werden mussten. Auch die dazugehörigen Produktinformationen wollten vorab gelesen und verinnerlicht sein, und sogenannte Pre-Production-Meetings zur Vorbesprechung jeder einzelnen Sendung mussten absolviert werden. Meistens bestritt ich das Pensum vor der Kamera gemeinsam mit meinem Co-Moderator Christian Materne. Die „Welt am Sonntag“ widmete uns als Duo sogar einen Artikel, in dem wir als Umsatzgaranten geadelt wurden. Christian und ich hatten am Ende mehrere Tausend gemeinsame Verkaufsstunden für meine Mode- und Schmuckkollektionen auf der Uhr. Es entbehrte nicht einer gewissen Komik, wenn wir in der Filiale einer Fastfoodkette unsere banale Bestellung für eine schnelle Mahlzeit zwischendurch oder danach aufgeben wollten und selbst dafür zu müde waren. Jeder, der eine totale Erschöpfung schon erlebt hat, weiß, in was für zügellose Lachanfälle das ausarten kann.

Zu dem durchorganisierten Hin und Her über viele Stunden vor Ort gesellte sich regelmäßig auch folgender Ausruf der Studioleitung: »Studiowechsel, Sarah!«

Dann hieß es: eine Minute Zeit, um in das zweite Studio zu wechseln, zweieinhalb Minuten Zeit zum Umziehen und neuen Verkabeln – immer auf hohen Absätzen. Bei der Arbeit trug ich grundsätzlich nur High Heels.

Einmal führte das zu einem ungewollten Zwischenfall der erotischen Art. Wie gesagt, es war üblich, zu jedem Liveauftritt neue Klamotten anzuziehen, sinnigerweise aus meiner Modekollektion. Vor mir lag eine TV-Sendung für Kochtöpfe und Pfannen, in der verkaufsfördernd gekocht werden sollte. Besprochen war, dass ich dazu – genau wie der mir von HSE24 zur Seite gestellte Experte und super Koch Peter Domani auch – eine Kochschürze tragen würde. Ich kam also ins Studio gestöckelt, wie gewohnt unter Zeitdruck, und die übliche Routine begann.

»Wo ist meine weiße Schürze?«, fragte ich und sah mich suchend um.

Dabei handelte es sich um eine Rüschenschürze, angelehnt an das viktorianische England vielleicht, nur figurbetonter. - Es folgte hektische Betriebsamkeit, dann großes Aufatmen. Das knapp geschnittene Textil war gefunden. Die Sekunden rasten dahin.

»Und wo ist das Leiberl für darunter, das ich euch extra mitgebracht habe?«

Ich blickte in ratlose Gesichter.

»Welches Leiberl?«

Aus dem Hintergrund drang der laute Countdown an mein Ohr: »Drei, zwei …!«

Mir blieb gerade noch genug Zeit, die Schürze über meine Schultern zu streifen. Für die Jeans reichte es nicht mehr, und das Oberteil für darunter hatte mir auch eine Nase gedreht.

»… eins …!«

Noch ein panisches Verschnüren hinten, und da stand ich nun, live on Air. Seitlich hinter mir durfte Herr Domani mitsamt Kochlöffel meinen blanken Hintern bewundern. Oben herum guckten meine nackten Brüste bis auf die schockgefrorenen Nippel hinter den Rüschenträgern der Schürze hervor.

Auf einem Kontrollmonitor sah ich die volle Pracht auch selber vor mir. So etwas konnte wirklich nur mir passieren. Oder träumte ich das vielleicht? Aber nicht doch, es war einfach nur typisch Sarah Kern. Okay, eine Livesendung zu verlassen ging schlecht, also erklärte ich das Malheur lachend dem fraglos staunenden Publikum an den Fernsehschirmen, gefolgt von einer Entschuldigung für die nackten Tatsachen.

Nun gab es wie gesagt noch Peter Domani, der es furztrocken fertigbrachte, sich hinter seiner Kochfläche stehend vorzubeugen, mit dem Kochlöffel am Stoff meiner unteren Schürze zu nesteln und den Anblick in etwa so zu kommentieren: »Meine sehr verehrten Damen und Herren, Sie können sich vorstellen, die Kochtöpfe interessieren mich gerade einen Scheiß.«

Daraufhin lachten wir Tränen, konzentrierten uns aber recht schnell auch wieder auf die eigentlichen Protagonisten, nämlich die Kochtöpfe und Pfannen. Er ließ es sich aber nicht nehmen zu betonen, wir würden diesmal besonders „hot" kochen und extra „spicy" Gerichte auf den Tisch bringen.

Keine Kochsendung in der gesamten Fernsehgeschichte wird auch nur annähernd so viel Sex-Appeal verströmt haben wie diese, darauf würde ich glatt um noch einen Auftritt dieser Art wetten. Und gefallen hat es nachweislich auch. In unter drei Minuten waren alle Kochtöpfe und Pfannen ausverkauft, sechs Minuten wären bestenfalls zu erwarten gewesen. Tja, Sex sells! Vielleicht hat der eine oder andere Ehemann seiner Frau ja einen extra Kochtopf geschenkt. Intern haben wir noch angeregt philosophiert, wer wohl mehr bestellt hat: Frauen, die das süß, sexy und witzig gefunden haben, oder hatten auch reichlich inspirierte Herren ihre Hände im Spiel, die womöglich zum ersten Mal aktiv Homeshopping betrieben haben.

Wo ich so locker am Erzählen bin, erscheint es mir plötzlich auch gar nicht mehr so abwegig, dass mein verschwundenes Leiberl absichtlich nicht auffindbar gewesen war. Ist es danach eigentlich wieder aufgetaucht? Hmm, ich weiß gar nicht, muss mal eine Nacht darüber schlafen …

Eines Tages erhielt ich ein beeindruckendes Schreiben in goldenen Lettern, eine Einladung auf den roten Teppich von Venedig. Als Sternzeichen Schütze, Aszendent Schütze, bin ich nicht nur von Natur aus ein positiver, toleranter und weltoffener Mensch, nein, ich bin außerdem von Tatendrang und Abenteuerlust beherrscht. Ich war Single, hatte gerade

Zeit und konnte nicht aus meiner Haut. Was soll ich sagen, Venedig rief und ich kam. Welches gefährliche Abenteuer tatsächlich auf mich zukommen sollte, hätte ich mir in meinen kühnsten Träumen nicht ausmalen können. Und was meinen Tatendrang angeht, der sollte dabei bestenfalls die zweite Geige spielen.

Einen ersten Vorgeschmack gab es im Hotel selbst, wo eine Buchung für mich vorliegen sollte. Auf dem Weg zur Rezeption bemerkte ich, wie einer von zwei zwielichtigen männlichen Anzugträgern abseits zu meiner Rechten dem Rezeptionisten ein Zeichen gab. Noch brachte ich es nicht mit meiner Person in Verbindung, wieso auch.

Der Hotelangestellte begegnete mir mit professioneller Höflichkeit: »Frau Kern, es tut mir sehr leid, bei der Buchung ist uns leider ein Fehler unterlaufen. Wir haben zur Zeit kein freies Zimmer. Aber auf einer wunderschönen Yacht wurde eine Kabine für Sie organisiert. Würde Ihnen das zusagen?«

Yacht klang ja erst mal nicht schlecht. »Wem gehört die denn?«

Daraufhin nannte er den Namen eines mir geläufigen Reeders, den ich – warum auch immer – mit Paris Hilton in Verbindung brachte.

Manchmal waren es einfach zu viele selbst erlebte oder gehörte Jet-Set-Stories. Ganz sicher war ich mir bei Paris Hilton jedenfalls nicht.

Egal, Fakt blieb, ich stand im ausgebuchten Großraum Venedig ohne Zimmer da. Übrigens wie meine Freundin Giulia: ebenfalls eingeladen, eingeflogen und wie durch Zauberhand ohne Hotelzimmer.

Da erschien ein namhafter Reeder als annehmbare Lösung, zumal der Vorschlag von einem seriösen Hotel unterbreitet worden war.

Während wir noch unser Einverständnis erklärten, standen auch schon die beiden erwähnten Anzugträger vom Typus Bodyguard bereit, um uns samt Gepäck zu einer wartenden Limousine zu führen. Die Fahrt war nicht weiter spektakulär, dafür die vor Anker liegende Superyacht. Deren Abmessungen waren derart mächtig, dass man sie weitab der Kanäle bestaunen musste – wohl eher eine Megayacht. Für die Überfahrt sorgte ein eigens zu Wasser gelassenes Beiboot. Dort angekommen, wurde uns eine gemeinsame Kabine zugewiesen. Ich warf mich in ein Abendkleid, und weiter ging es zum Event des Abends.

Schon auf dem roten Teppich traf ich erste Bekannte aus der Pariser Zeit wieder, konnte Kontakte auffrischen und angeregte Unterhaltungen führen. Auf der anschließenden Party sorgte dann der Gig von Gangsta-Rapper „50 Cent" für Stimmung.

Als der Abend dort seinem Ende entgegenging, sammelten sich die Gäste für die Megayacht zum Aufbruch. Ich allerdings noch nicht, was an einer mir wohlbekannten Stimme lag: »Two-Point-Five!«

Nein, Emanuele Filiberto di Savoia mal wieder – wie grandios! Mit ihm fand ich mich wenig später in einer Bar wieder, um feucht fröhlich Wiedersehen zu feiern, nicht ohne ihm vorher das Versprechen abzunehmen, mich später auf diese Yacht zu schaffen. Das war für ihn nicht nur Ehrensache, sondern er liebäugelte auch mit einer dortigen After-Party, na klar. Der Weg von der Bar zu den Wassertaxis wurde allerdings zum Spießrutenlauf, als italienische Pressevertreter ihn erkannten und wir auf sein Drängen hin Reißaus nahmen. Ich auf laut klappernden High Heels – die ich schnellstens auszog –, rannten wir Hand in Hand und laut kichernd wie ausgelassene Kinder durch die nächtlichen Gassen. Mal zog er mich dahin, dann wieder dorthin – es war herrlich aufregend, ganz nach meinem Geschmack. Als wir endlich ein freies Wassertaxi vor Augen hatten, war die Pressemeute immer noch oder schon wieder hinter uns her. So genau weiß ich das gar nicht mehr, es ist alles so verflixt schnell gegangen. Regelrecht verschanzen mussten wir uns im Inneren des Bootes und zogen dazu noch die vorhandenen Vorhänge zu.

Herrje, was diese wilde Verfolgungsjagd an Lawine ausgelöst hat! Besonders dieser Schnappschuss mit unseren gehetzten Visagen in der Glamour-Zeitschrift „Vanity Fair", beim Zuziehen der Vorhänge. In der deutschen Ausgabe lautete der Aufmacher: ‚Sarah Kern und ihr neuer Kerl' – oder so ähnlich. Emanuele, der Ärmste, bekam daraufhin noch einen Heidenärger mit seiner Ehefrau, wirklich absolut zu Unrecht. Vielleicht hätten wir nicht davonlaufen sollen. Aber andererseits, kann man sich sicher sein, dass die Journaille sich nicht trotzdem etwas Blödsinniges aus den Fingern gesogen hätte? So oder so, diese Nichtigkeit wurde zu einem Skandal hochgekocht und besagtes Foto so häufig abgedruckt, wie vermutlich kein anderes mit ihm zuvor.

Mit Ankunft auf der Megayacht rückten Blitzlichtgewitter und Paparazzi gedanklich in weite Ferne. Auf dem Weg in die Kabine hätte ich auf eine weitere Party gut und gerne verzichten können, jedenfalls bis tanzbarer Hip-Hop an mein Ohr drang. Kommando zurück, das Tanzfieber packte mich, und die Kabine bekam mich nur für ein schnelles Umziehen zu Gesicht. Mit weißem Tank Top, Ripped Jeans und barfuß eroberte ich die Tanzfläche auf Deck. Giulia sah ich auch zwischendurch. Aber wo war eigentlich Emanuele abgeblieben? Keine Ahnung, der Luxuskahn war weitläufig und prallgefüllt mit Partygästen. Und ehrlich gesagt, ich suchte ihn auch nicht wirklich.

Wen ich dann aber draußen sitzen sah, war „50 Cent" neben einem attraktiven Orientalen unterhalb der 30. Beide hatte ich doch schon zusammen auf der Galaparty in Venedig gesehen. Während ich den Anblick noch einzuordnen versuchte, zeigte „50 Cent" auf mich. Sein Nebenmann reagierte mit einer Handbewegung in Richtung eines nicht zu ermittelnden Adressaten, bevor er aufstand und ging. Kurz darauf ein Déjà-vu-Erlebnis: Wieder tauchten zwei Anzugträger neben mir auf, diesmal allerdings mit Kabel und Knopf am Ohr. Anders als im Hotel wurde ich auch fordernd an den Arm gefasst. Nanu, was war denn jetzt gefällig? Die Art, wie ich unter Deck geschoben wurde, hatte mit Begleiten, Geleiten oder Eskortieren so gar nichts zu tun.

Auch der Weg, den wir einschlugen, ließ mein Herz rasen. »Wo gehen wir hin?! Meine Kabine ist woanders!«

Ohne jede Gefühlsregung, geschweige denn eine Erklärung, ging es eine einsame Treppe hinunter. Panik befiel mich, als mir bewusst wurde, dass ich keinen freien Willen mehr hatte und die Nacht unschön ausgehen konnte. Durch eine Glastür noch und der erzwungene Ausflug endete vor einem wunderschönen Paravent, der dem traditionellen Japan entlehnt war. Ein Wunder, dass mir das noch auffiel. Anscheinend verlor ich den Blick für Schönheit auch angesichts drohender Gefahr nicht. Na wenigstens etwas.

Die zwei „Gorillas" schoben die spanische Wand auf, schubsten mich in den Raum dahinter, folgten, zogen das Trennelement hinter sich wieder zu und stellten sich mit verschränkten Armen davor.

Mit dem Mut der Verzweiflung schrie ich meine Entführer an: »Was ist hier eigentlich los?! Warum?!«

Genauso gut hätte ich den Paravent anschreien können. Also drehte ich mich um und sah vor mir jenen glutäugigen Orientalen mit schwarzen pomadigen Locken, der mir bereits zweimal aufgefallen war – mit „50 Cent" auf dem Deck der Yacht und auf der Galaparty in Venedig. Jetzt allerdings lag er im Bademantel auf dem Bett, sein Gesichtsausdruck lasziv fordernd. So schnell, wie der es unter Deck in den Bademantel geschafft hatte, musste er es wirklich sehr nötig haben oder mich unwiderstehlich finden oder beides. Was also konnte ich sagen, wie sollte ich reagieren? Gehirnsynapsen und Herzfrequenz liefen zu absoluter Höchstform auf.

Was ich zum Besten gab, war wohl kaum als souverän zu bezeichnen, auch wenn ich nach Kräften versuchte, meinen vier Worten etwas super Entspanntes mitzugeben: »Hi, ich bin Sarah.«

Er klopfte mit der Hand aufs Bett, nunmehr feist grinsend. »Come herrre!«

Oh fuck, das hatte ja super geklappt. Aber irgendwie musste ich aus der Nummer rauskommen. Also gut, nächster Versuch. Wenn ich dem Unausweichlichen schon nicht entfliehen konnte, musste ich mich eben damit arrangieren, um wenigstens zu überleben und dabei nicht das Gesicht zu verlieren.

»Eigentlich siehst du ja ganz süß aus, und wie es aussieht, habe ich gar keine andere Wahl. Aber du musst gut küssen können, dann komme ich freiwillig zu dir ins Bett.«

Er sollte verdammt nochmal wissen, dass ich keine Nutte war, und die küssten ihre Freier ja bekanntlich nicht. Ein wenig Galgenhumor hatte durchaus seine Berechtigung – wenn nicht hier und jetzt, wann dann?!

Wie es schien, hatte ich den richtigen Ton getroffen. Der Kerl im Bademantel blieb entspannt und antwortete mit einem einzigen Wort, das beruhigend auf mich wirkte, weil es dem Besiegeln eines Vertrages gleichkam: »Done!«

Außerdem reagierten die abwartenden Leibwächter auf sein Fingerschnippen, indem sie den Raum verließen, dabei die spanische Wand wieder zuschiebend und die Glastür schließend. Bestimmt bewachten sie den Zugang wieder mit verschränkten Armen. Es schien so ihre Art zu sein.

Nun folgte ein lockerer Small Talk auf dem Bett, und das freche Grinsen des Fremden wurde tatsächlich noch breiter. »Na, du bist mir ja eine.«

Dieses Grinsen machte den an sich schon attraktiven Mann in meinen Augen noch dazu sexy, der damit auch gleich die nächste Runde einläutete: »Okay, lass uns das Spiel beginnen.«

Also gut, der literarische James Bond tat es für sein Vaterland, ich hingegen, um heil aus der Sache herauszukommen. Sowohl James als auch Sarah wollten wenigstens Spaß dabei haben.

Und den hatte ich, denn der Typ konnte so unglaublich gut küssen. Ich bin mir ziemlich sicher, bei mir hat er mehr Zeit, Leidenschaft und Gefühl darauf verwendet, als bei jeder anderen Frau zuvor. Einfach, weil ich ihn herausgefordert hatte. Beide waren wir aufs Äußerste erotisiert, das beste Rezept für einen fantastischen One-Night-Stand.

Und das wurde es, nicht zuletzt, weil das gesamte Szenario im Nachhinein betrachtet auch mir einen wahnsinnigen Kick verschafft hatte. Zwei unerlässliche Voraussetzungen waren gegeben gewesen: Mein Sexpartner attraktiv und anziehend sowie kein Versuch einer Vergewaltigung. In meinem ganzen Leben war ich noch nie geschändet worden. Auch in jener Nacht wäre ich lieber kämpfend gestorben, als das zuzulassen. Hätte er es darauf angelegt, wäre ich am folgenden Morgen vermutlich aus einem Kanal Venedigs gezogen worden – nicht vergewaltigt aber tot.

Entlassen war ich aus der Nummer aber noch lange nicht. Denn während er sich zwischendurch anzog und das Schlafgemach verließ – vermutlich, um sich unter den übrigen Gästen sehen zu lassen –, musste ich bleiben. Den leblosen Blicken der beiden Bodyguards ausgesetzt, die mir einmal mehr gegenüberstanden und Gefängniswärter spielten. Letztlich sind mein Bettgenosse und ich zusammen eingeschlafen und morgens völlig übermüdet nebeneinander aufgewacht.

Für mich war es höchste Zeit. »Ich muss jetzt gehen.«

»Du gehst jetzt nirgendwo hin! Du bleibst mit mir hier!«

Er sah ganz und gar nicht aus wie ein Mann, der gerade scherzte oder mir eine Wahl lassen würde.

Ich wiederum hatte anderweitige Verpflichtungen und wurde entsprechend nachdrücklich: »Nein, nein, ich habe einen Job! Ich habe morgen Shows!«

»Was für Shows?«

»Fürs Fernsehen.« Ich packte noch etwas Flehendes oben drauf: »Und ich liebe meinen Job!«

»Nein, nein!«, blieb er unnachgiebig. »Wie heißt der Kanal, ich kaufe den scheiß Sender. Dann brauchst du nicht mehr zu arbeiten.«

»Nein, bitte«, verhandelte ich weiter, »vertrau mir, ich komme zurück, das verspreche ich dir. Wir werden uns wiedersehen, aber bitte lass mich jetzt gehen!«

Endlich förderte mein verschärftes Flehen das Gönnerhafte in ihm zutage: »Okay, geh duschen!«

Also hetzte ich zu meiner zugewiesenen Kabine, wo Giulia mir besorgt die Tür öffnete und mich zur Rede stellen wollte. Mir blieb aber kaum genug Zeit, mich unter die Dusche zu stellen. Schon klopfte es an der Tür, und mein energischer Verehrer verschaffte sich Zutritt.

»Ich brauche die Telefonnummer! Sarah, wo bist du?! Wie soll ich dich sonst finden?!«, rief er unüberhörbar.

Meine Freundin kam wie von der Tarantel gestochen zu mir ins Bad gestürzt. »Der will deine Nummer, was soll ich jetzt machen?!«

Mir gingen nur Flug, Sohn und TV-Sendung durch den Kopf. Also blaffte ich die Ärmste aufgebracht an: »Kann ich vielleicht ein bisschen Privatsphäre haben?!«

Ich rief ihm die geforderte Mobilnummer durch die halb geöffnete Badezimmertür zu, dabei weiterhin unter der Dusche stehend. Daraufhin verschwand er endlich.

Später fragte sie mich ungläubig: »Weißt du eigentlich, wer das ist?«

Nein, ich wusste es zu der Zeit nicht und musste erfahren, dass es sich um den Sohn eines allseits bekannten Diktators handelte. Wieso wusste sie das eigentlich und ich nicht? Vermutlich war es eines dieser offenen Geheimnisse, die auf rauschenden Yacht-Partys schnell die Runde machten.

Letztlich haben Giulia, ein weiterer Freund namens Samuel Sohebi und ich es geschafft, das vorgesehene Wassertaxi und den Flug nach Deutschland rechtzeitig zu erreichen. Samuel war und ist ein bis nach Hollywood gefragter Star-Stylist – in meinen Augen der beste überhaupt –, der mich zu den Filmfestspielen in Cannes immer wieder mit aufsehenerregenden Couture-Kleidern ausgestattet hat.

Ich konnte noch nicht wissen, dass diese beiden Menschen nur wenige Jahre später zu einer spärlichen Anzahl verbliebener Freunde aus Münchner Zeit gehören würden – loyal und verlässlich, mit verdientem Platz in meinem dünn gewordenen Telefonbuch.

Der Sohn eines Diktators war ja nicht der Diktator selbst. So betrachtet erschien mir unser stundenlanges Telefonat am nächsten Tag weder anstößig noch problematisch. Für ein erneutes Beisammensein verabredeten wir uns schließlich in Rom.

Mein Vater, dem ich vom Erlebnis in Venedig berichtet hatte, redete mir noch ins Gewissen: »Sarah, da fliegst du nicht hin! Du landest tot im Müllcontainer!«

Ich flog trotzdem, schon aus Trotz und Eigensinn. Außerdem verhieß es ein weiteres heißes Abenteuer der seltenen Art. In der Hotelsuite angekommen, wurde mein „orientalischer Adonis" gerade massiert. Das gab mir Zeit, den Koffer auszupacken und mein Negligé aufs Bett zu legen. Auf einem Nachttisch lag sein Koran. Normalerweise hätte ich gar nicht mit ihm in einem Zimmer schlafen dürfen, denn das war Konkubinen strengstens verboten. Nicht umsonst wurden für die Entourage ganze Hotelflure oder sogar Etagen gemietet. Gepflogenheiten dieser Art waren mir bis dato allerdings unbekannt gewesen, genauso wie das tagtägliche Abklopfen nach Waffen.

Wirklich heikel wurde es aber erst wegen der fehlenden Kondome. Wir hatten entgegen der üblichen Regeln schlicht keine benutzt, wie es im Liebesrausch eben so gehen kann. Sein Personal wusste davon, denn ich hätte diese benutzten Überbleibsel gar nicht entsorgen dürfen, und er hätte sie obligatorisch seinen Untergebenen überlassen. Dem fernen Diktator wurde sehr zeitnah mitgeteilt, dass eine fremde Frau mit seinem Sohn in dessen Gemächern schlief und sich womöglich eine ernste Beziehung anbahnte.

Und todsicher ging es dabei auch um das pikante Thema Kondome. Woher ich das wusste? Geduld, dazu komme ich jetzt.

Am Morgen meiner vereinbarten Abreise frühstückte der argwöhnisch überwachte Sohn noch mit mir, konsumierte per kleinem Löffel lustlos Kaviar aus einer unverschämt großen Schale. Vielleicht beschäftigte ihn der nahe Abschied oder etwas anderes, jedenfalls brachte er nicht mehr als diesen einen Löffel voll herunter.

Eine gepanzerte Mercedes-Limousine – noch nagelneu – sollte mich zum Flughafen bringen, was auch geschah, zumindest einen Teil der Strecke. Plötzlich begann der Motor nämlich zu stottern, und das dezente Spiel des Fahrers mit den Fußpedalen war in dem Zusammenhang mehr als verdächtig. Wir hielten am Straßenrand.

»Sorrry, Madamme, the carrr is brrroken«, setzte mich der teilnahmslos düstere Fahrer in Kenntnis.

Ich glaubte ihm kein Wort und war entsprechend ungehalten: »Gut, dann rufen Sie mir ein Taxi, ich muss meinen Flug bekommen.«

»Nein, Sie sollen kein Taxi nehmen. Sie müssen auf den anderen Fahrer warten.«

Ich hörte, wie die Zentralverriegelung aktiviert wurde. Eine gute halbe Stunde später bekamen wir Gesellschaft – eine Luxuslimousine, zwei Personen. Den Flug hatte ich schon abgeschrieben. Mein Instinkt trog mich nicht. Der zweite Wagen brachte mich zurück ins Hotel. Ich wurde in die gewohnte Suite geführt, wo mein Liebhaber mich sichtlich zerknirscht erwartete.

»Mein Vater macht mir großen Stress. Die haben keine benutzten Pariser gefunden, und du hast immer bei mir geschlafen. Es tut mir sehr leid, der Leibarzt meines Vaters ist extra deinetwegen angereist.«

Noch verstand ich die Logik hinter seinen Worten nicht.

»Du musst Blut hergeben.« Betont sanft fuhr er fort: »Wenn er gleich reinkommt, hab keine Angst. Ich habe ihm gesagt, er soll vorsichtig mit dir sein. - Wenn du das für mich tust, werde ich immer dein Freund sein, ich werde dich immer beschützen.«

Er verließ das Zimmer. Stattdessen erschien der Leibarzt. »Rrrroll up your arrrm!«

Kaum hatte ich den Ärmel hochgekrempelt, versenkte er schon die Nadel und entnahm vier Proben Blut. Mit Grabesstimme schob er die Anweisung nach, ich solle mich nicht wegbewegen, er würde mir in zehn Minuten die Ergebnisse zu AIDS, Hepatitis und Schwangerschaft mitteilen. In dem Wissen, dass die Suite per Kamera überwacht wurde, blieb ich allein zurück und bewegte mich keinen Zentimeter. Eine Salzsäule war nichts gegen mich. Dafür rotierte es in meinem Kopf. Ein AIDS-Test – shit, der DJ aus dem „P1" … Wenn ich positiv getestet werde, erschießen die mich noch an Ort und Stelle. Bei Schwangerschaft wartet die Zwangsheirat, und das Kind verschwindet in einem der Paläste, während ich Ehefrau Nummer irgendwas werde, trieb es meine Fantasie immer wilder. An dem Tag lernte ich, wie lang zehn Minuten sein konnten. Und als ob das nicht schon Folter genug gewesen wäre, wurden daraus schon wieder gute 30 Minuten. Mein Nervenkostüm hing in Fetzen.

Mit unverändert monotoner Grabesstimme präsentierte mir der Leibarzt das Ergebnis: »Ich habe eine gute Nachricht für Sie. Alle drei Tests sind negativ. Sie können gehen und werden sofort zum Flughafen gefahren. Wir haben ein neues Flugticket für Sie.«

Als ich meinem Vater bei erster Gelegenheit von Leibarzt und Bluttest erzählte, wollte er mir erst nicht glauben. In seinen Augen war das selbst für mich zu heftig. Als ich aber darauf beharrte, hieß es nur ungläubig: »Du bist doch nicht wieder entführt worden …«

»Doch Papa, ich bin auch wieder entführt worden.«

»Nein!«

»Doch, Papa.«

»Aber mit so einem Typen machst du nicht so einfach Schluss wie sonst, Sarah! Da wirst du in der Wüste verschachert oder verscharrt, wie es in Diktatorenkreisen eben so gehandhabt wird! Und wir werden dich nie wiedersehen!«

Wohl wahr, ich hatte mich auf dünnes Eis begeben und schon einen Vorgeschmack bekommen. Und wer schon mal den Film „The Devil's Double" um den Doppelgänger des irakischen Diktatorensohnes Udai gesehen hat, kann sich ein recht deutliches Bild von meiner verzwickten Situation zu der Zeit machen.

Meine Eltern hatten ja schon so einiges mit mir durchgemacht. Immer musste ich Grenzen austesten und meinen Kopf durchsetzen. Und so besuchte mich der wohl ungewöhnlichste Liebhaber meines bisherigen Lebens Wochen später in München. Über Monate trafen wir uns sporadisch. Weitere unschöne Zwischenfälle ereigneten sich zwar nicht mehr, aber die latente Gefahr gefiel selbst mir irgendwann nicht mehr – zu viel Kopfkino, zu viel Hätte, Könnte, Würde.

Der alles entscheidende Tag kam, als er mich per Privatjet einfliegen lassen wollte, um gemeinsame Zeit auf einer Yacht zu verbringen. In München hatte ich mich gerade in einen Mann verliebt, der mein Leben einschneidend verändern würde, wie im nächsten Kapitel zu lesen sein wird. Es war höchste Zeit, die brisante Beziehung zu beenden.

»Ich muss dir etwas sagen. Ich werde dich nicht mehr treffen«, versuchte ich es so einfühlsam wie möglich.

»Was sagst du da?! Was ist los?!«, erwiderte er aufgebracht.

»Ich habe mich verliebt.«

»Was?!«, schallte es mir verletzt entgegen. »Was erzählst du mir da?! Was ich anfasse, gehört mir!«

In der Gangart würde ich kein Einsehen erreichen, so viel wurde mir klar. Also zog ich die einzige Trumpfkarte, die mir noch blieb: »Erinnere dich an Rom. Deine Leute wollten mich zwingen, Blut zu geben, nachdem dein Vater mich hat entführen lassen. Da hast du mir versprochen, wenn ich dir helfe und einverstanden bin, dass du immer mein Freund sein würdest. Ich war einverstanden. Jetzt löse dein Versprechen ein. Lass mich gehen!«

Das verunsicherte ihn zwar, einer ganz bestimmten Frage entging ich trotzdem nicht: »Was hat er, was ich nicht habe?«

»Er liebt nur mich. Ich bin die einzige Frau für ihn. - Du bist ein toller Mann. Zwischen uns, das war eine heiße Love Story, und du hast mich gut behandelt. Ich werde das nie vergessen. Aber bitte, lass mich gehen!«

»Ja, du hast recht. Ich bin ein Mann von Ehre. Was ich verspreche, das halte ich auch.«

Es wurde ein endgültiger Abschied per Telefon.

Das sechste Leben der Sarah Kern: Einmal Kämpferin, immer Kämpferin

Wir schreiben das Jahr 2006. Die Zusammenarbeit mit HSE24 lief traumhaft. Meine diversen Kollektionen trafen den Puls der Zeit, mehr noch, ich hatte mich als ein Trendsetter etabliert. Natürlich gab es neben der Geschäftsfrau auch eine Privatperson Sarah Kern, die ihr Recht auf ein pralles, abwechslungsreiches Leben einforderte. Im ersten Kapitel hatte ich ja schon von meinem ersten Freund – dem Billy-Idol-Verschnitt – erzählt, den ich gerade deshalb spannend gefunden habe, weil er so gar nicht der gesellschaftlichen Norm sowie der meiner Eltern entsprochen hat. Genau das hat mich auch später gereizt und mehr noch. Männer, die einen Raum einnehmen konnten, alle anderen überstrahlten und kompromisslos ihren Weg gingen, wie es ein Otto Kern getan hatte, eben solche Männer zogen mich magisch an. Und ich entwickelte einen Hang zu „bösen" Jungs, die Gefährlichkeit ausstrahlten, zügellos daherkamen und sich keinen Regeln unterwarfen – gerne Machos und ungeschliffen in den Umgangsformen.

Vermutlich musste es früher oder später so kommen, wie es mich in jenem Jahr 2006 erwischte. An sich fing alles recht bodenständig an. O. J. war bei seinem Vater Otto und besuchte ansonsten ein Privatinternat im Ausland. Ich als Mama war also weitestgehend frei in meiner Entscheidung, wie ich Abend und Nacht verbringen würde. Sollte es München sein oder doch lieber Kitzbühel? Ich entschied mich für die ländlich biedere Alternative und bestellte einen Tisch in meinem Stammlokal „Schnitzelhäusle", wo sich erfahrungsgemäß auch Freunde einfinden würden. Wie es sich für Kitzbühel geziemte, trug ich flache Lederstiefelchen anstelle von High Heels, dazu Bluejeans und nicht Minirock, sowie eine coole Jacke und Madonna-Cap – die gezügelte Ausgehvariante halt.

Die Abfahrt Kufstein war schon in greifbarer Nähe, als ein einziger Anruf den Plan für die nächsten Stunden komplett über den Haufen warf: »Du Sarah, ich bin immer noch fix und fertig«, meldete sich mein aufgeregter Manager Gregor Leutgeb. »Hatte eine verrückte Nacht mit wirklich abgefahrenen Typen. Also, der eine Typ, den ich da kennengelernt habe, das war ein Gangster, der war so krass, also wirklich so krass – allein die Stimme. So einem bin ich noch nie in meinem Leben begegnet. Sarah, du hättest ihn geheiratet!«

Da war ich nun schon fast in Kitzbühel, und dann kam mein Gregor mit so einer Story um die Ecke. Das Ärgerliche an dem Wort „krass" ist, dass man nie genau weiß, was es eigentlich gerade meint.

War der besagte Typ jung oder schon im fortgeschrittenen Alter, wie sah er aus, was genau machte ihn so speziell? Fakt war jedenfalls, beim zweiten Mal „krass" tat sich etwas in Höhe meines Solarplexus.

»Okay, Gregor, Planänderung. Mach mir bitte einen Tisch klar, du weißt schon wo. Ich bin zwar nicht passend angezogen, aber egal, hol mir unbedingt diesen Typen ran! Ein 20er-Tisch bei unserem Griechen, wo man später noch auf den Tischen tanzen kann. Und bestell für mich bitte noch den Tisch im „Schnitzelhäusle" ab. - Oh, ich glaube, ich habe auch noch High Heels im Kofferraum.«

Ich war längst aufgeregter als Gregor, dessen Euphorie auch schon wieder am Abflauen war: »Okay, Sarah, mach ich. Aber ich kann dir nicht versprechen, dass ich den jetzt erreiche. Ich bin auch noch so fertig …«

Aber zu spät, ich stand in Flammen. »Nichts da, ich brauche dich jetzt, bitte! Wir gehen da essen! Und tschüss.«

Als Nächstes rief ich meine beste Freundin an, um ihr zu sagen, dass ich sie abholen würde.

Als wir schließlich beim Griechen ankamen, hatte Gregor bereits ganze Arbeit geleistet. Reserviert war der beste Tisch hinten, mit freiem Blick auf den Eingang. Eine spannend gemischte Gästeschar mir bekannter Leute hatte auch schon Platz genommen. Ich setzte mich Gregor gegenüber und zuckte mit den Schultern. Alles ganz toll, aber wo war dieser Typ, für den ich das alles angeleiert hatte?

Er wiederholte meine Geste ratlos. »Ich hab ihm auf die Mailbox gesprochen.«

Also gut, kein Beinbruch, der Abend nahm ja auch so an Fahrt auf. Wer allerdings als letzter kommt, muss üblicherweise mit einem wenig vorteilhaften Sitzplatz vorliebnehmen. So erging es mir auch, nämlich mit dem Rücken zum Eingang. Erst als es im Nacken zu kribbeln begann, drehte ich mich um. Da stand ein Mann in schwarzem Ledermantel und mit weit offenem Hemd, womit sich der Blick auf seine Goldkette geradezu aufdrängte. Die dunklen Haare waren durchsetzt mit dem leidlichen Versuch einer Blondierung einzelner Haarsträhnen, dazu ein Dreitagebart. Links und rechts an seiner Seite stand jeweils eine junge

Frau. Beide hätte man problemlos dem horizontalen Gewerbe zuordnen können. Also der gehörte definitiv nicht zur gehobenen Münchener Gesellschaft. Kein Zweifel, es musste sich um den „krassen“ Typen handeln. Mit seinem Erscheinen war es ruhig geworden im Restaurant. Ihn umgab eine Aura, die nicht nur mich faszinierte. Es war die Art Kerl, die andere Männer mit nur einem Blick einschüchtern konnte und selbst Upper-Class-Damen zum Schmachten brachte – ohne dass letztere es offen zugeben würden, versteht sich. Wie viele von denen stehen auf Gangsta-Rapper, hören bis zum Abwinken deren Musik und fühlen sich von dem plumpen Macho-Gehabe angeturnt. Ich stand auch auf diesen Gangsta-Shit. Aber im Gegensatz zu etlichen anderen Frauen sagte ich das auch. Und zu jener Zeit lebte ich es eben auch ein Stück weit aus. Das Phänomen haben Piraten und Freibeuter schon vor Jahrhunderten ausgelöst.

Ich sah Gregor an, der ungläubig seine Hand vor die Augen hielt: »Ach du Scheiße!«

Schockierte ihn der Neuankömmling oder zeigte ihm mein Gesichtsausdruck, worauf das hinauslaufen würde? - Im Verlauf des Abends widmete ich mich jedem meiner Gäste und natürlich auch dem späten Gast. Aber nur in seinen südländisch dunklen Augen verlor ich mich, genau wie in der männlich dunklen Stimme. Ich machte mir ein genaueres Bild von seinem großgewachsenen, muskulösen Körper, setzte meine Runde anschließend weiter fort. Als es schließlich noch ins „Pascha“ ging, einem angesagten Nachtclub, saß ich schon direkt neben ihm. Schnell folgten die ersten heißen Küsse. Nachdem eine seiner Begleiterinnen bereits verschwunden war, begleitete er die zweite nach draußen, um kurz darauf ohne sie zurückzukehren. Noch in derselben Nacht schlief er bei mir, und wir waren ein Paar.

Innerhalb kürzester Zeit wurde dieser Mann salonfähig, adaptierte meine Welt in sagenhafter Geschwindigkeit, bewies Geschmack. Er war musikalisch, spielte verschiedene Instrumente, teilte meine Leidenschaft fürs Skifahren. Ein ehemaliges Gastarbeiterkind vom Balkan, das viele Talente vereinte. Sein Geruch, wie er küsste und Liebe machte, einfach alles nahm mich gefangen. Aber da war noch etwas anderes. Mit ihm hatte ich einen schützenden Felsen, einen Bodyguard an meiner Seite, der jeden für mich in der Luft zerreißen würde, der mir Schwierigkeiten bereiten wollte. Davon war ich zu der Zeit fest überzeugt. Es schien, als wären wir füreinander gemacht, und zwei Jahre lang hätte ich tatsächlich kaum glücklicher sein können. Nichts und niemand hätte zwischen uns treten können. Es war Liebe.

Im Jahr nach unserem Kennenlernen brachte ich meinen zweiten Sohn zur Welt und hatte mir auch schon einen Vornamen für ihn zurechtgelegt. „Romeo" sollte er heißen – unbedingt! Wieso ausgerechnet diesen Namen? Hochschwanger hatte ich mir ausgemalt, dass es sich um einen künftigen Latin Lover handeln würde: mit dunkler Haut, dunklen Augen, dunklen Haaren. Dann kam der Moment, als er mir präsentiert wurde: lächelnd, blauäugig, mit weißblondem Flaum auf dem Kopf. Die dänische Blutlinie hatte voll zugeschlagen, vergessen war der Latin Lover. Für mich war dieses Baby trotzdem der schönste Romeo auf der ganzen Welt. Sein zweiter Vorname wurde

Noël. Das war durchaus naheliegend, denn dieser neue Erdenbürger erblickte zwei Wochen zu früh – just an Heiligabend – das Licht der Welt. Nur er, ich und ein christliches Kreuz an der Wand des Zimmers – besinnlicher hätte Weihnachten gar nicht sein können, nicht größer das Weihnachtsgeschenk.

Als nun meine Schwiegereltern auf der Szene erschienen und Romeo Noël sahen, wurde ich erst einmal skeptisch beäugt. Anschließend drehte und wendete der Schwiegervater meinen Sohn und begutachtete final die Kopfform. Der leicht abgeflachte Hinterkopf – auf dem Balkan scheinbar weitverbreitet – beruhigte ihn merklich. Endlich wurden mir wohlwollende Glückwünsche zuteil. Nicht zu vergessen, ich hatte einen Sohn zuwege gebracht.

Das ist der passende Zeitpunkt, um eine hochgeschätzte Freundin jener Zeit einzuführen: Einer der Gründe, weshalb ich die Homeshopping-Branche so liebgewonnen habe, war neben den eigenen gefeierten Erfolgen und der Selbstverwirklichung die Tatsache, dass sich nach mir weitere herausragende Persönlichkeiten etablieren konnten. Allen voran Judith Williams, die es als TV-Moderatorin, Expertin und Unternehmerin mit Geschäftssinn, Charme und Fleiß zum großen Star im deutschsprachigen Raum gebracht hat. Ich lernte sie während meiner ersten Jahre bei HSE24 als eine zauberhafte, toughe und hochintelligente Frau kennen und schätzen.

Darüber hinaus ist sie aber auch ausgebildete Opernsängerin. Als ich nun zum zweiten Mal vor den Traualtar trat, sang sie für uns in der Kirche das „Ave Maria". Es rührte mich und viele andere zu Tränen. Ein schöneres Geschenk hätte sie mir nicht machen können. - Judith, du bist die Beste!

Es gibt zwei Möglichkeiten, existenzgefährdend und dem Tode nahe zu Boden zu gehen: unverschuldet vom Leben vor eine schwere Prüfung gestellt oder selbstverschuldet aus einem blinden Hochgefühl heraus. Ich muss mir den einzigen fatalen Fehler meines Lebens selbst zuschreiben: die zweite Eheschließung im Jahr 2008.

Diejenigen Medien aber, die im Zuge meiner Ehekrise redaktionell immer weiter auf mich eingetreten haben – sogar noch im Angesicht meiner nahen Selbstaufgabe –, die sich nicht um Wahrhaftigkeit oder das Berufsethos als Journalisten geschert haben, sondern einzig Auflagenhöhe und Befriedigung von Sensationsgier im Blick hatten, ließen mich meinen Fehler umso teurer büßen. Sie verschärften mein Leiden bis weit über die statthafte Schmerzgrenze hinaus.

Ich werde zu dem, was in dieser Ehe abgelaufen ist und schließlich auch Polizei, Staatsanwaltschaft und Justiz auf den Plan gerufen hat, nicht im Detail eingehen. Es ist für meine Biografie nicht entscheidend. Aber mein erlittener Burnout war nun mal eine Realität, die mich nachhaltig geprägt hat und mir auf ewig eine Warnung sein wird. Deshalb ist dazu durchaus einiges zu sagen:

Was im Jahr 2010 über Monate mit mir geschehen ist, erinnert mich noch heute fatal an das Gladbecker Geiseldrama aus dem Jahr 1988, als Pressevertreter mit Schwerstkriminellen geradezu paktierten, um Fernsehsender, Zeitungen und Zeitschriften mit bluttriefender Sensation aus erster Hand versorgen zu können. Damals ist zu Recht eine nationale Debatte über Mitverantwortung und rote Linien für Journalisten und Medienverantwortliche losgetreten worden.

Mich betreffend – Sarah Kern, eine Person des öffentlichen Interesses – verloren Presse beziehungsweise Medien nun erneut jede Bodenhaftung. Tag für Tag standen Kamerateams vor meinem Haus, über ein dreiviertel Jahr lang, um Details aus meinem Privatleben zu erhaschen und neben mir auch meine Familie zu penetrieren. Moderatoren diskutierten vor immer neuen Schnappschüssen von mir, ob ich wohl zu dick oder zu dünn sei, ein Drogen- oder Alkoholproblem hätte und womöglich eine schlechte Mutter wäre. Anfüttern ließ man sich vom Ex-Mann und seiner Mutter. Sie stellte mich als Rabenmutter da, die nur aus Dosen kocht, er dichtete mir Drogen- und Alkoholsucht an. Ich wurde sogar als reif für die Irrenanstalt dargestellt, um mich zu zerstören. Auf die Art sollte mir alles genommen werden, vor allem, was mir neben meinem älteren Sohn das Liebste und Wichtigste im Leben war: Romeo. Und wie im Fall Gladbeck waren es verschiedene Medienredaktionen, welche die Rolle von Erfüllungsgehilfen und Komplizen einnahmen. Die Berichterstattung jener Zeit ist und bleibt der untrügliche Beweis dafür.

Ich lernte am eigenen Leib kennen, was ein Burnout wirklich ist, hervorgerufen durch den Dauerbeschuss mit verschiedenen Stressfaktoren. Unkontrollierbare Panikattacken überfielen mich. Beklemmungen, Herzrasen,

Zittern und Hitzewallungen wechselten sich ab, gepaart mit kaltem Schweiß. Das nagende Gefühl, jeden Moment sterben zu müssen, kam erschwerend hinzu.

Einmal erwischte es mich nach der Landung in der Türkei. Ich produzierte dort – wie bereits erwähnt – in Eigenregie Modekollektionen für TV-Formate in Frankreich, Italien und Großbritannien. Polizei und Militär waren gerade im Großeinsatz, um Bombenattentäter zu fassen. Kurz zuvor hatte es eine Reihe von Anschlägen gegeben.

Wen rief ich völlig aufgelöst an, natürlich meinen Vater: »Papa, hier ist Polizei am Flughafen, die suchen nach Bombenattentätern. Hier soll auch schon eine hochgegangen sein. Falls ich sterben sollte, möge bitte auf meinem Grabstein stehen: „She died for fashion!"«

Es war die Art schwarzer Humor, welcher mir wenigstens halbwegs über die Runden half.

Der türkische Taxifahrer spürte meine Angst und Nervosität, versuchte sofort zu beruhigen: »Keine Panik, ich habe eine Zitrone im Handschuhfach.«

Für den Augenblick war es die perfekte Ablenkung, vergessen der schwerbewaffnete Kontrollposten: »Wieso denn eine Zitrone?«

»Na, wenn eine Bombe hochgeht, muss ich dir Zitronensaft in die Augen träufeln, damit du wieder was siehst.«

Was für ein Spaßvogel! - Aber egal, ob nun Bombenalarm, Burnout und Medienterror oder schreiendes Kleinkind plus pubertierender 17-Jähriger, ich hatte irgendwie zu funktionieren. Meine Kinder mussten essen, mein Personal wollte essen, und das nimmersatte Finanzamt schrie auch lauthals nach Futter. Mein Assistent hatte sich ja noch auf dem

Flughafen in Deutschland geweigert, die Maschine in die Türkei zu besteigen, was viel über die Sicherheitslage jener Tage aussagt. Nur leider konnte ich mir diesen Luxus nicht leisten.

Eine Geschäftsreise nach China konnte ich unmöglich ohne meinen älteren Sohn auf mich nehmen. Zu sehr hatten mich die Panikattacken im Griff. Die vielen Stunden alleine in einem beengten Großraumflugzeug, das hätte ich nie und nimmer überstanden. Und dann China selbst, wo die meisten kein Englisch sprachen und verstanden. Dort eine Panikattacke, und man hätte mich womöglich am offenen Herzen operiert.

Schließlich war ich derart mental ausgebrannt und körperlich ausgezehrt, dass meine Haushälterin mit ihren Kindern vorübergehend bei mir einzog, um mich bestmöglich zu unterstützen. Mittlerweile hatte ich sogar eine Phobie vor dem Telefon und lauten Geräuschen entwickelt – aus purer Angst vor der Medienmeute und meinem Ex. Ich stand schon sprichwörtlich am Rand der Klippe, als meine Mutterinstinkte die Kriegerin in mir reaktivierten: War ich die Hüterin meiner Familie? Ja, das war ich! War ich die Hüterin meiner beiden Söhne? Ja, das war ich! Ich sorgte ganz alleine dafür, dass es meinen Söhnen an nichts fehlte, finanzierte sogar das Schweizer Internat für O. J., ohne Ottos Zutun, verdammt! Ich war aus eigener Kraft zur Homeshopping-Queen geworden, hatte einer ganzen Branche meinen Stempel aufgedrückt. Wer Leib und Wohl meiner Lieben in Gefahr bringen wollte, würde es mit mir zu tun bekommen. Mich drückte niemand an die Wand, und niemand würde mich zerstören können!

Um zu entschleunigen, gab ich meine Teleshopping-Aktivitäten im Ausland komplett auf und konzentrierte mich ausschließlich auf den deutschsprachigen Raum und HSE24. Anschließend tat ich das, was ich schon nach meiner Trennung von Otto getan hatte, nachdem ich aus Wien zurückgekehrt war: Ich schöpfte Kraft aus der Natur, nur diesmal gemeinsam mit Romeo. Beide Maßnahmen ersetzten mir komplett den Seelenklempner. Innerhalb eines halben Jahres war mein Burnout Geschichte.

Mit dieser Ehe erlag ich schlichtweg dem Reiz, im Schlechten das Gute zu erforschen, es freizulegen und zu kultivieren. Ein solches „Experiment" birgt die Gefahr, nicht zu wissen, wie sehr negative Charakterzüge die positiven überwiegen und dominieren können oder wann und in welcher Form negative Charakterzüge die Oberhand gewinnen. In einer problematischen Liebesbeziehung ohne Trauschein ist ein kurzfristiger Schlussstrich möglich. In einer Ehe, noch dazu mit einem gemeinsamen Kind, sieht die Sache schon anders aus. Da steht man ganz schnell alleine da. Aber ich habe den Stier zu guter Letzt bei den Hörnern gepackt.

Die Scheidung im Jahr 2010 war erst der private Befreiungsschlag. Die Winterpause bei meinem Homeshopping-Sender HSE24 war vorüber, es ging in die neue Frühjahr / Sommer-Saison. Damit war auch meine regelmäßige Präsenz im Studio wieder gefragt und gefordert. Die Macher erwarteten das gewohnte Verkaufsfeuerwerk der Sarah Kern mit entsprechenden Umsätzen, mein über Jahre gewachsener treuer Kundenkreis hingegen würde voraussichtlich verunsichert sein. Laut diverser Fernsehsender und dem Rauschen im Blätterwald war ich ja angeblich drogensüchtig, hatte Alkoholprobleme und so weiter. Und Lügen, die oft genug wiederholt werden, gehen ja bekanntlich als akzeptierte Wahrheit durch. Mir war klar, mein Name war durch eine unsägliche mediale Hexenjagd gegen die öffentliche Person Sarah Kern derart angeschlagen, dass die Marke „Sarah Kern" nur ein Paukenschlag retten konnte. Über Jahre war ich ein entscheidender Umsatzgarant gewesen, nur allzu verständlich also, dass die Nerven bei allen Beteiligten blank lagen. Auf einem Pre-Production-Meeting mit Produzent, Bildschnitt und Requisite wurde meine Verkaufssendung kurzerhand mit einer Call-In-Sperre belegt, es sollten also keine Zuschauer zu Live-Gesprächen zugeschaltet werden. Ferner sollte ich nichts rund um meine Ehekrise und Scheidung thematisieren.

Ich wusste instinktiv: Das genau war nicht der richtige Weg. Und so bat ich eindringlich in die interne Runde hinein, flehte geradezu, mir zu vertrauen. Ansonsten würde es – und das war für mich so sicher wie das Amen in der Kirche – mein Ende bei HSE24 bedeuten, aber der Wegfall eines seiner Flaggschiffe mit Millionenumsätzen auch dem Unternehmen ganz sicher nicht guttun. Ich war bereit, bei Versagen alle Schuld auf mich zu nehmen und die Konsequenzen zu tragen, wenn man mir jetzt nur freie Hand lassen würde. Ein Start wie im amerikanischen Fernsehen, beginnend mit einer Großaufnahme meines Gesichtes und nicht mit der Moderatorin in einer Totalen, das war meine Vorstellung. Dann würde ich drei oder vier persönliche

Sätze sagen und mit einem stummen Lächeln signalisieren, wann in die gewohnte Totale mit der Moderatorin und mir gewechselt werden kann. Allemal eine heikle Entscheidung, zumal diese Herangehensweise ein Novum darstellte. Die Zeit rannte uns davon, noch eine Stunde bis zur Livesendung. Ja oder nein – davon hing meine weitere Zukunft ab. HSE24 entschied sich in meinem Sinne. Damit bewies man Mut und brachte mir größtmögliches Vertrauen in der Zusammenarbeit entgegen.

Mein tiefempfundener Dank und Respekt dafür sind euch für immer sicher.

So an meiner Seite zu stehen hatte Format. Eine denkwürdige Verkaufssendung konnte on Air gehen. Jetzt war ich dran, mit klarem Blick, ausgeruht und gut zurechtgemacht:

»Sehr verehrte Damen und Herren, liebe Nationen Österreich, Schweiz und Deutschland, ich möchte mich für Ihr Vertrauen, für die vielen Damen und Herren, die Kerzen für mich aufgestellt haben, sogar Wallfahrtsorte aufgesucht haben, um für mich zu beten, bedanken. Ich möchte hier auch nicht in die Tiefe gehen, Sie langweilen oder die kostbare Verkaufsstunde verschwenden. Mir geht es gut. Ich bedanke mich für Ihr Vertrauen und Ihren Verstand. Bevor wir beginnen, möchte ich nur noch Franz Josef Strauß zitieren, der so treffend sagte: ‚Was juckt es die deutsche Eiche, wenn sich die Wildsau an ihr reibt.'«

Darauf lächelte ich abwartend, und der Bildausschnitt wechselte in die Totale, um just auch das Eintreten der Moderatorin an meiner Seite einzufangen.

»So, und jetzt möchten wir uns der gut sitzenden Passform meiner Jeans widmen.«

Das Resultat war ein Ausverkauf meiner Kollektion und eine unbezahlbare Werbung in eigener Sache in diversen Fernsehformaten, die meinen Auftritt nebst blendendem Eröffnungsbild durchweg positiv thematisierten. Es war mein Befreiungsschlag in beruflicher Hinsicht.

Was mir außer den schmerzlichen Erinnerungen aus der Zeit meines ersten Burnouts – oder meiner „Kriegsphase", wie ich es auch gerne nenne – des Jahres 2010 noch geblieben ist, ist ein sehr persönliches Tattoo: Ein Jesus Christus auf dem rechten Unterarm, weil Jesus mir in der schlimmsten Phase jener Zeit während eines Wachtraumes besonders nah gewesen ist.

In diesem Wachtraum bin ich, gebunden an einen Pflock, gepeinigt und gepeitscht worden, während der Pöbel dabei zugesehen hat – was meine gefühlte Realität treffend wiedergegeben hat. Dennoch hat mir der Traum Trost gespendet, denn ich habe die Gegenwart Gottes darin ganz deutlich gespürt, verbunden mit folgender Eingebung: Meine Qualen würden zwar noch weiter anhalten, aber auch absehbar enden, noch im selben Jahr.

Ich hatte mich aus eigener Entscheidung mit 14 Jahren taufen lassen, nachdem mein Vater als Atheist mir und meinen Brüdern die Wahl gelassen hatte. Mich konfirmieren zu lassen war hingegen nicht für mich in Frage gekommen. Ich entdeckte schon früh meinen Glauben zu Gott und las begeistert die Bibel. Die Kirche mit ihren menschengemachten Dogmen und Denkverboten ist mir hingegen immer fremd geblieben.

Was nun meine konkrete Faszination für den Sohn Gottes auf Erden und sein Antlitz auf meinem Unterarm betrifft, so wäre er mir als Zeitgenosse wahrscheinlich äußerst sympathisch gewesen. Ihn auf diese Art immer ganz nah bei mir zu tragen, sollte mein Tribut an die Kraft der Gebete und des Glaubens während meiner dunkelsten Stunden sein, die mich meine größte Schlacht bis zum siegreichen Ende haben weiterschlagen lassen. Zu diesem Tattoo gehört auch der Text „God bless my family".

Ich war wieder obenauf und passend dazu auch meine neu gebaute Villa zum Einzug bereit. Die wiederentdeckte Freiheit hatte etwas Eruptives. Das angstfreie Durchatmen war für mich die Vorankündigung eines endlich wieder erfüllten Lebens. Und so lud ich Freunde in meine Villa ein und wir feierten, als gäbe es kein Morgen. Zwanglos wollte ich auch wieder Männer kennenlernen, datete ausgelassen, wobei Instagram gerade recht kam. Ich fing etwas mit einem 28-Jährigen an, darauf folgte ein junger Mann von 20 Jahren. Eigentlich hielt ich ihn für etwas älter, aber was machte das schon. Mein Ziel war, mich einfach nur frei, sexy und als begehrenswerte Frau zu fühlen, diese Gefühle voll auszukosten. Es waren unkomplizierte, humorvolle Männer, denen ich nichts vormachte und sie mir auch nicht. Keine Zwänge und keine Einschränkungen mehr, so gestaltete ich mein neues Leben.

Dass ich später, nach meinem Wechsel zu Channel21, unmöglich täglich zwischen dem Unternehmen in Hannover und meiner Villa in München hin und her fliegen konnte und deshalb Hotels zu meiner Normalität gehörten, wurde auch ein wichtiger Bestandteil meiner gelebten Freiheit. Ich liebte das Studioleben mit den kreativen Kollegen von HSE24 und Channel21 genauso, wie den Aufenthalt im Hotel mit bereitstehendem Frühstück und ohne Abwasch, Wäschewaschen oder Staubsaugen. Auch als Mutter, die ihre Söhne abgöttisch liebte, genoss ich dieses parallele Leben für mich allein, in dem ich die Seele frei baumeln lassen konnte und das eine oder andere amouröse Abenteuer ganz im Stillen möglich war.

Sarah war wieder da, gesund und stark!

Passend dazu ließ ich mir eine Schwalbe auf die Hand tätowieren, als Symbol für Hoffnung, Liebe und die persönliche Freiheit. Gestochen wurde sie in meiner Villa von einem witzigen, lebenslustigen Brasilianer aus Rio de Janeiro, der mein eigenes Lebensgefühl so wunderbar bestätigte.

Natürlich dauerte es nicht lange, und die Gazetten stürzten sich auf das Thema „junge Männer“. Ich meine, es ist die „Frau im Spiegel“ gewesen, die auf einer Doppelseite mit bekräftigenden Fotos in etwa so aufmachte: „Sarah Kern nimmt sich, wen und was sie will!“

Mein Assistent hielt mir den Artikel mit den Worten unter die Nase: »Hier, das musst du dir in Gold einrahmen und über den Lokus hängen. Lies mal, der ist ja unfassbar, der Text.«

Und wirklich, da hatte jemand seinem Schalk im Nacken aber so richtig die Sporen gegeben. Unter anderem war da in etwa zu lesen: „Nach 40 Jahren Bemühungen von Alice

Schwarzer für Frauenrechte und Emanzipation, gibt es nun endlich einen Namen dafür: Sarah Kern.“

Mit solchen Sticheleien konnte ich gut leben und nahm es mit Humor. Da waren die Aufmacher der Monate zuvor noch von einem ganz anderen Kaliber gewesen, weil ehrverletzend, bösartig und auf Zerstörung meines gesellschaftlichen Ansehens ausgelegt. Und was Frauenrechte und Emanzipation anging, so hatte ich mir rein gar nichts vorzuwerfen. Ich stand meine Frau: gab einschlägige Interviews sowie öffentliche Statements ab, lebte Gleichberechtigung vor. Nicht meine Schuld, wenn einzelne Schreiberlinge mich in vorgefertigte Schubladen pressen wollten, obwohl ich doch von jeher in keine hineinpasse und schon gar nicht hineinpassen will.

Apropos Gleichberechtigung: Während einer Verkaufssendung – mittlerweile bei Channel21 – ging ich mit einem Augenzwinkern auch darauf ein: »Kinders, holt eure kurzen Röcke wieder raus. Die armen Männer – jetzt können wir wieder ein bisschen sanft sein, wir sind ja nun auf Augenhöhe. Jetzt können wir wieder ganz Frau sein. - Hier ist die herrlich glitzernde Schluppenbluse, willkommen zurück bei uns Frauen.«

Viel wichtiger als meine Außenwirkung war aber, dass ich nach einigem Hin und Her final auch das alleinige Sorgerecht für meinen Sohn Romeo zugesprochen bekam. Es war wie das Schlusskapitel zu einer rabenschwarzen Episode meines bisherigen Lebens.

Nachdem ich auf 14 Jahre fruchtbare Zusammenarbeit mit HSE24 zurückblicken konnte, was in diesem Geschäft ein beachtlicher Zeitraum ist, zogen in der Zusammenarbeit mit einem einzelnen Programmchef dunkle Wolken auf. Wir hatten uns beim – ja, man kann es durchaus so ausdrücken – „Schwanzlängen-Messen" überworfen, nicht etwa bei einer sachlichen Analyse meiner Arbeit. Ich wollte nicht so, wie er es meinte einfordern zu müssen, und schon gar nicht wollte ich es Arsch leckend tun. Kurz gesagt, ich war nicht mehr so zufrieden und glücklich wie bis dahin. Es kam zum Eklat, als mich der Anruf dieses besagten Herrn am Flughafen Düsseldorf erreichte, um mir mitzuteilen, dass die schriftliche Androhung einer Kündigung im Raum stünde. Ich wiederum befand mich gerade in Düsseldorf, um den Geschäftstermin mit einem Kosmetikkonzern wahrzunehmen, der mich als Face-Off-Model gewinnen wollte.

Mit zitternden Knien aber ruhiger Stimme antwortete ich: »Wissen Sie was, ich stehe gerade auf einem Flughafen und sehe direkt die Drehtür nach draußen vor mir. Wenn ich die durchschritten habe, habe ich auch einen neuen Job. Wir verbleiben jetzt so: Hiermit ist die Trennung durch. Ich wünsche Ihnen alles Gute.«

Zu meinem mich begleitenden Assistenten Etienne sagte ich, die ich es selber noch nicht glauben konnte, nur: »Reiche mir bitte einen Stuhl.«

Der entgegnete ebenso fein wie trocken: »Es tut mir furchtbar leid, hier sind die Stühle fest verschweißt, wir befinden uns leider auf einem Flughafen.«

Auch gut, blieb ich halt stehen. Auf meinen Wunsch hin ermittelte er sogleich die Telefonnummer des Teleshopping-Senders Channel21 und bemühte sich um ein erstes Gespräch mit dem dortigen Geschäftsführer. Kaum in der

Drehtür des Flughafens, meldete sich ein erfreuter Geschäftsführer Klaus Skripalle.

Ich fragte direkt, ob Interesse an mir und meiner Marke bestünde und dass ich die Woche darauf zum Hauptsitz nach Hannover kommen könne. Als er dem ohne Umschweife zustimmte, trat ich gerade ins Freie und wusste, Channel21 würde meine neue berufliche Heimat sein. Es war die Chance, mich im Teleshopping-Bereich nochmals neu zu erfinden, mich erneut weiterzuentwickeln. Und so sollte es kommen.

Mir ist sehr wichtig zu betonen, dass es nur ein Mann bei HSE24 gewesen ist, der es offensichtlich nicht gut mit mir gemeint hat. Was das übrige Team und die Geschäftsleitung betrifft, so gab und gibt es zwischen uns kein böses Blut. Wir alle wussten und wissen, was wir einander zu verdanken haben. Eine großartige Zusammenarbeit lag nunmehr hinter uns, und mir war das Unternehmen mit seinen Menschen über die Jahre sehr ans Herz gewachsen.

Im Jahr 2016 startete ich also bei Channel21 durch. Ich wollte und durfte meine gesamte Expertise und Kreativität als Modedesignerin einbringen, mein umfangreiches Know How vor, während und nach den Live-Verkaufssendungen. Im Umkehrschluss bedeutete das jedoch zunächst ein Jahr gemeinsamer Anstrengungen rund um die Uhr, bevor man den hohen Qualitätsanforderungen der Marke „Sarah Kern" genügen konnte, ein Sendeplatz bereitstand und ich endlich live auf Sendung ging. Aber die Mühe verhieß Erfolg. Mit einem hochprofessionellen Channel-21-Team beschritten wir den Weg mit Sieben-Meilen-Stiefeln. Mein Glücksgefühl und die freigesetzte Energie als Teil der Channel-21-Familie trieben mich an.

Problematisch am Jahr der Vorbereitungen war allerdings, dass ich dort noch keine Umsätze generieren konnte, somit also kein nennenswertes Einkommen erzielte. So entschied ich, meine Münchner Villa zu verkaufen. Erst mit Eröffnung der „Berlin Fashion Week“ im Januar 2017 konnte ich wieder einen viel beachteten Coup landen. Mit 40 Models inszenierte ich dazu im Club Felix des renommierten Adlon Hotels eine Fashion Show, die mir und meiner Marke stehende Ovationen und finanziellen Erfolg einbrachte. Ich war ganz in meinem Element, konnte ich doch eine, original 1920er Jahre, Glamour-Treppe als Stilelement einbinden. Designt hatte ich neben einer Damen- auch eine darauf abgestimmte Herrenkollektion, die Anzugstoffe persönlich in der Türkei ausgewählt, den Hemden sexy breite Krägen abgesteckt. Als Vollblutdesignerin, ehemaliges Model und alter Hase in puncto Fashion Shows, fühlte ich mich wie ein Kind im Süßwarenladen. So ging es mir trotz des damit verbundenen Stresses von jeher, wenn ich Produktionspartner in Istanbul, China oder London besuchte, um meine neuen Designs und Schnitte abzustimmen oder Formen und Farben mit finalen Stoffen zu veredeln. Mein sicheres Gespür dafür hatte nicht zuletzt auch den großen Otto Kern immer wieder verblüfft.

Dieser Spirit, diese explosive Leidenschaft und Kreativität konzentriert im Club Felix, das wurde selbst von deutschen TV-Sendern begeistert aufgegriffen. Die Modemarke „Sarah Kern“ war in aller Munde, und ein phänomenaler Hype setzte ein.

Nichtsdestotrotz, es blieb ein Jahr der Gratwanderung zwischen Ups and Downs, wie es meine Lebens-DNA scheinbar auszeichnet.

Zwischenzeitlich war aus der Villa ein wunderschönes Haus im Bauhausstil in München-Grünwald geworden – mal wieder. Bei der Erstbesichtigung hatte mir noch der Vater von Jérôme Boateng die Tür geöffnet, der dann in ein Haus vis-a-vis gezogen ist. Überhaupt wohnten einige Bayern-Spieler in der Nachbarschaft. Der Hauptsitz des FC Bayern München an der Säbener Straße war ja nicht weit. Aber mir hatte es das Haus angetan, nicht das Starensemble des FC Bayern. Der Name des deutschen Architekten und Designers Sep Ruf stand sogar noch neben der Klingel. Im Nachkriegsdeutschland hatte er einen an das „Bauhaus" angelehnten Gebäudestil geprägt, der in Fachkreisen als sehr leicht beschrieben worden ist. Ruf hatte unter anderem verantwortlich gezeichnet für den Bau der Akademie der Bildenden Künste in Nürnberg, des Deutschen Pavillons auf der Weltausstellung in Brüssel 1958 oder auch verschiedener Gebäudeteile des Kanzlerbungalows in Bonn in der Zeit Ludwig Erhards. Doch ich bewohnte nun das Haus, in dem er auch gelebt und in den unteren Räumen sein Atelier und Architekturbüro unterhalten hatte. Nach und nach fand ich seinen Namenszug auf Holzverkleidungen und Schubladen verewigt. Es gab eine riesige Hebebühne im Keller, von der ich zunächst erschrocken annahm, es sei eine Anlage der Münchner Wasserwerke. Stattdessen konnte damit eine großflächige Wand hochgefahren werden, mit der Räume variabel aufgeteilt werden konnten. Ich kam mir vor wie auf einem futuristischen James-Bond-Set – einfach fantastisch. Selbst das Schlafzimmer konnte auf die Art geteilt werden. Ob Herr Ruf und seine Ehefrau wohl eine intime Verabredung getroffen hatten? Als junger Mann soll er ja erwogen haben, Dominikaner-Mönch zu werden. Andererseits war er Vater zweier Kinder gewesen. Egal, was hatte mich das zu interessieren?! Von dem Haus ging eine positive Energie aus, und ich fühlte mich davon enorm inspiriert. Diesen begnadeten Mann hätte ich unglaublich gerne zu seinen Lebzeiten kennengelernt. Es überraschte mich nicht, dass insbesondere mein Vater – selber wie schon angesprochen deutscher Architekt und mit großer Sympathie für das „Bauhaus" – mich zum Kauf des Hauses beglückwünschte.

Meinen Sohn Romeo, der nun wieder in Grünwald zur Schule ging, machte der Umzug unglücklich. Nicht wegen des Hauses, das mochte er sehr. Etwas anderes machte ihm zu schaffen, mehr als mir: Das Publikum hatte sich komplett verändert.

Auf der Straße spielten keine Kinder mehr, und in der Schule wurde Romeo gemobbt. Mich beäugten die Frauen abfällig, weil ich mit einem deutlich jüngeren Basketballspieler liiert war – noch dazu mit Tattoos bis hoch ins Gesicht – und auch sonst nicht der allgegenwärtigen Norm entsprach.

Es erinnerte an diesen alten Hit von Udo Jürgens, „Ein ehrenwertes Haus", in dem ein Mietshaus voller Heuchler besungen wird, denen ein Paar nicht gut genug ist. Nur, dass es sich in unserem Fall um einen exklusiven Münchner Vorort handelte.

Schlussendlich holte mich die drohende Insolvenz ein.

Aufgrund der fehlenden Einnahmen über ein Jahr hinweg gegenüber den Millionengewinnen der Vorjahre, konnte ich die horrenden Steuerforderungen des deutschen Fiskus nicht mehr bedienen. Ein potenzieller Investor, der planvoll in die Marke „Sarah Kern" investiert hätte, brach mir einen Tag vor Vertragsunterzeichnung mit schwerer Krebsdiagnose weg. Was ich auch versuchte, es war bestenfalls ein Tropfen auf dem heißen Stein. Ich musste akzeptieren, dass die Insolvenz nicht mehr abzuwenden war.

In dieser Zeit meldete sich ein langjähriger, lieber Freund und Botschafter Somalias in verschiedenen Ländern, um mich in München zu besuchen und mir in meiner prekären Situation seine Unterstützung anzubieten. Natürlich war die Freude groß, ihn wiederzusehen, ich war aber auch auf das Hilfsangebot gespannt. Das brachte er in Person eines gestandenen türkischen Geschäftsmannes mit. Aber zunächst feierten wir Wiedersehen. Mein älterer Sohn lebte mittlerweile in seiner eigenen Wohnung, war aber auch zugegen. Er kannte Ali und mochte ihn sehr, genauso wie dessen Tochter. Da saßen wir nun also alle am Kaffeetisch meines Hauses und konzentrierten unsere Aufmerksamkeit mehr und mehr auf den sympathischen türkischen Begleiter. Dieser sprach ein hervorragendes Deutsch und lebte schon seit einer Ewigkeit in München.

»Sarah, ich habe eine Idee für dich. Malta ist ein Steuerparadies, ich könnte dir da mit einem Konto behilflich sein.«

Bei dem Wort „Malta" überkam mich ein wohliges Gefühl im Solarplexus, das dem unmittelbar vor Kennenlernen des „krassen" Typen in München oder während meines ersten

Telefonats mit dem Geschäftsführer von Channel21 entsprach. Es bedurfte nicht mehr vieler Worte, und meine Entscheidung stand. Ich sprang auf und verkündete: »Kinder, packt die Koffer, wir ziehen nach Malta!«

Den Vorschlag mit dem Konto lehnte ich aber ab. Zum einen war ich schon dankbar genug, dass mein Gast Malta ins Spiel gebracht hatte. Zum anderen würde ich ohnehin bereitwillig die Insolvenz nach deutschem Recht wählen. In einem Telefonat mit dem Finanzamt zeigte sich die zuständige Beamtin dann wenig amüsiert, hatte sie doch bereits aus der Presse von meinem Vorhaben erfahren, Deutschland gen Malta verlassen zu wollen. Natürlich, es gab andere, die auf die Art eine Insolvenz nach englischem Recht erreichten und innerhalb eines Jahres schuldenfrei dastanden. Das genau hatte ich nicht vor. Ich war willens, meine Steuerschuld nach deutschem Recht abzutragen und ließ der Ankündigung auch Taten folgen. Die eigentliche Krux an der Sache war: Bis der berufene Insolvenzberater sich eingearbeitet hatte und die Finanzverwaltung auf Linie war, vergingen Monate, in denen mir für Romeo und mich nicht einmal Essensgeld aus meinem mittlerweile wieder sprudelnden Einkommen bei Channel21 zugestanden wurde. Selbst das Kindergeld war nicht verfügbar, mein Konto gesperrt. Mehrere Millionen Euro an Steuern hatte ich in den Jahren zuvor an den Fiskus abgeführt, und jetzt wollte dieser „Willkür-Verein“ nicht einmal Geld zum Überleben vorstrecken. - Nun denn, es half mir zumindest dabei, meine Koffer noch schneller zu packen und Deutschland keine Träne nachzuweinen. Ich würde auf einen totalitären Überwachungsstaat von Frau Merkels

Gnaden zurückschauen, in dem auf Briefen des Finanzamtes ganz oben zu lesen stand: ‚Keine Toleranz …'.

Toleranz – das perfekte Stichwort. Toleranz ist immer mein „zweiter Vorname" gewesen. Ich habe immer gezielt gespendet, kritische Themen rund um Intoleranz mit Hilfe von Kampagnen in die Öffentlichkeit getragen, meinen Freigeist eingebracht. Aber dieses Deutschland war definitiv nicht mehr meines. Ein Land, in dem die einen Pfandflaschen sammeln mussten, weil die Rente nach Jahrzehnten des Malochens nicht einmal für das Nötigste reichte, während andere großzügig alimentiert wurden, die noch nie in ihrem Leben in das deutsche Sozialsystem eingezahlt hatten. Ein Land, das die Meinungsfreiheit auf dem Altar der political correctness opferte, wo sozialistische Zustände mit Bevormundung, Verboten und Zwängen wieder salonfähig geworden waren, vom beklagenswerten Zustand des Rechtsstaates, der Sozialsysteme und öffentlichen Infrastruktur ganz zu schweigen. Nein, mit dem Prädikat „tolerant" konnte sich dieses Deutschland nicht mehr zurecht schmücken, nicht nach meiner Definition.

Keine Ahnung, wohin meine gezahlten Steuermillionen im einzelnen versickert waren und noch versickern würden, aber gottlob war endlich ein Ende in Sicht.

Die ganze Situation schrie förmlich nach einem weiteren Tattoo. Aber was konnte in Frage kommen? Das Motiv sollte ja als eine Wegmarke dienen und zu einem gelingenden Neustart auf Malta beitragen. Meine innere Stimme pflanzte mir „Ägypten" in den Kopf. Okay, was also hatte das alte Ägypten an Symbolen zu bieten? So einiges, aber der

Skarabäus erschien mir am interessantesten. An sich nur ein gemeiner Mistkäfer, hatte er in der ägyptischen Mythologie die Fähigkeit, sprichwörtlich aus Scheiße Gold zu machen. Er bescherte Reichtum und bewahrte Reichtum, weshalb sein Abbild vor allem die Grabkammern und Paläste der alten Pharaonen so reich verziert hatte. Diese Majestäten wären äußerst ungern ohne ihren irdischen Reichtum ins nächste Leben eingegangen.

Ich war da bescheidener. Mir persönlich war die Aussicht auf ein wenig Wohlstand im irdischen Dasein genug. Aber welcher Könner sollte einen schönen Skarabäus auf meiner Haut verewigen? In irgendein Studio wollte ich mich nicht stundenlang setzen. Also nutzte ich meinen Kontakt zu einigen Hells Angels – verlässliche, coole Typen – in der Annahme, dass die doch eigentlich die besten Tätowierer kennen müssten. Sie taten mir den Gefallen gerne und brachten auch gleich einen Meister seines Fachs mit. Es wurde ein toller Abend in meinem Haus in Grünwald – schon beinahe komplett leergeräumt, weil das Mobiliar eingelagert auf zukünftige Verwendung wartete. Malta ließ bereits grüßen. Als Ergebnis prangte ein prachtvoller Skarabäus auf meinem rechten Handgelenk, in edlen Farbtönen von Mint und mit wunderschönen Phoenix-Flügeln als ganz herumführendes Band. Ein einmaliges Armband der ewigen Sorte, das man nie verliert. Auf längere Sicht würde mein Skarabäus seinem Ruf ganz sicher gerecht werden und sich seinen Platz als vorläufig letztes Tattoo redlich verdienen. Womöglich würde auch die direkte Nachbarschaft zu meinem Jesus-Tattoo eine Rolle spielen, das seinen Platz unmittelbar darüber innehatte.

Das siebte Leben der Sarah Kern: Demut und Selbstfindung auf Malta

Als in Bayern die Sommerferien 2018 begannen, wanderte ich mit meinem Sohn Romeo nach Malta aus, im Schlepptau ein Kamerateam des Fernsehformates „Goodbye Deutschland!". Für die ersten Tage checkten wir ins Hotel Hilton Malta ein, was nicht etwa mit heimlich gebunkertem Geld oder einem reichen Gönner zu tun hatte, sondern mit der Unterstützung meiner Familie. Wir mussten auch mental erst einmal ankommen. Auf einer Insel wie Malta kennt dich keine Sau, da hilft dir auch kein Promistatus was. Sarah who?!

In einem neuen Land schenkt dir niemand ein extra Lächeln, es sei denn, du erarbeitest es dir hart und funktionierst als Mensch. Was mir half, waren Improvisationstalent und Menschlichkeit – bei gleichzeitigen Existenzängsten. In den ersten Tage wollte ich gar nicht aufstehen. Da war diese gefühlte Angst vor dem Ertrinken, so als würde ich das rettende Ufer niemals erreichen können. Doch der Luxus des Hilton, die Poollandschaft und mächtigen Palmen fingen uns in der Situation auf, ließen uns im wahrsten Sinne des Wortes weicher auf Malta landen – ein Hauch von Urlaub und Erholung.

Mein Erstgeborener, der sein Studium in der Tasche hatte und auf Erfolgskurs war, begleitete uns und half mir nach Kräften, die Anfangszeit irgendwie zu überstehen. Dabei stützten wir uns genau genommen gegenseitig. Nur wenige Monate zuvor war Otto Kern gestorben, sein väterlicher

Hafen und bewundertes Vorbild, mein Ex-Ehemann und großartiger Mentor.

Schon nach wenigen Tagen gingen wir auf die Suche nach Wohnoptionen, kontaktierten Makler, erkundeten Häuser und Apartments. Bereits in der zweiten Woche hatten wir eine Entscheidung getroffen. Ein traditionell maltesisches Town House sollte es werden. Eines jener Häuser mit Sandsteinfassade und grün oder blau gestrichenen Holzerkern, wie sie in den engen, verwinkelten Gassen zum Stadtbild gehören. Eine Wohnung für mich und Romeo, eine für O. J., wir waren endgültig auf Malta angekommen. Wenn ich morgens die Fenster öffnete und wie Frau Holle Decken und Kissen ausschüttelte, konnte ich links die Gasse hinunter bis zum Hafen sehen, wo die Boote zur mittelalterlichen Hauptstadt Valletta übersetzten. Ich sah das Meer!

Und auch die Phase ohne finanzielle Mittel ging vorüber. Das zuständige Finanzamt in Deutschland hatte endlich ein Einsehen und begriff, dass ich unmöglich eine Steuerschuld abtragen konnte, wenn man mir kein Geld für das Notwendigste wie Essen, Schlafen oder die Flüge von und zu Channel21 zugestand.

Endlich war sie wieder da, die Lust, früh aufzustehen. Als Familie schöpften wir neue Kraft, begannen Malta zu entdecken und uns voll auf das mediterrane Flair unserer neuen Heimat einzulassen.

Die Erfahrung mit der fremden Bürokratie inklusive Behördengängen blieb vergleichsweise harmlos. Auch war der tägliche Haushalt recht gut von mir alleine zu stemmen, nachdem mein Hauspersonal von Lebensphase zu Lebensphase von sieben auf drei auf null Personen zusammengeschrumpft war. Und das, obwohl im Schnitt alle acht Tage der Flieger nach Hannover auf mich wartete, um die Live-Verkaufssendungen bei Channel21 zu bestreiten. Nicht zu vergessen, dass neue Kollektionen auch nicht von alleine das Licht der Welt erblickten. Unterm Strich war alles nur eine Frage der Routine und des Zeitmanagements, natürlich auch des perfekten Austausches mit meinem Team bei Channel21 sowie des persönlichen Wohlbefindens. Was mich jetzt noch zum Heulen bringen konnte, waren die wartenden Wäscheberge, wenn ich hundemüde aus Hannover heimkehrte.

Toll machte es im Übrigen auch Romeo, der sich schnell im neuen Schulsystem zurechtfand, beliebt war und sich bald schon mit neuen Freunden umgab. O. J. blieb dauerhaft bei uns auf Malta, managte sein Leben souverän von dort aus.

Ich bin eigentlich nie jemand gewesen, der Schutz suchend bei Familienmitgliedern oder handverlesenen Freunden untergekrochen ist, wenn es mal eng wurde. Allerdings darf ich meinen Zwillingsbruder Lars nicht außer Acht lassen, weil zwischen uns eine ganz besondere Bindung besteht, schon immer bestand. War einer von uns beiden krank, fühlte sich auch der andere hundeelend. Litt einer von uns unter Burnout, war auch der andere mit den Nerven runter. Und so war er es auch, der rund um die Malta-Mission zu meinem strahlenden Ritter avancierte, indem er mich mental aufbaute, E-Mails für mich schrieb oder Flüge buchte. Er war rund um die Uhr für mich da, sorgte, wo es nur ging, für Entlastung. Größer kann Geschwisterliebe nicht sein.

Zum allgemeinen Wohlbefinden sollte noch etwas anderes beitragen.

Das Schicksal hatte uns zweifellos noch ein weiteres Familienmitglied zugedacht, als die völlig überforderte Nachbarin Joyce plötzlich mit einem neun Wochen alten Hundewelpen vor der Wohnungstür stand – einem Lemon Beagle. Die permanente Kackerei und Pinkelei des kleinen Burschen ließ sie schier verzweifeln. Dass Tiere im Haus verboten waren, konnte auch nichts mehr daran ändern, dass wir drei uns sofort in den kleinen Pelzträger verliebt haben. „Buddy", wie wir ihn ab sofort nannten, blieb bei uns. Natürlich kam es, wie es kommen musste: Der Vermieter bekam Wind davon und zeigte kein Erbarmen. Also hieß es, erneut die Koffer zu packen und eine andere Bleibe für uns vier zu finden. Eine Strafe Gottes für was auch immer war „Buddy" deshalb aber definitiv nicht, ganz im Gegenteil. Dieser in jeder Hinsicht außergewöhnliche Vierbeiner entpuppte sich als starke und liebenswerte Persönlichkeit, die wie für uns gemacht war. Und das Apartment, welches wir dank ihm fanden, stellte das erste noch in den Schatten.

Das Town House barg ohnehin ein dunkles Geheimnis, sodass „Buddy" uns die Entscheidung eines Umzugs gewissermaßen nur abgenommen hatte. Es war nämlich so, dass es in jenem Gemäuer spukte. Ihr glaubt mir nicht? Unbegreifliche Geräusche, Klappern hinter verschlossenen Türen, Erscheinungen, eine spürbare Präsenz und das unbestimmte Gefühl einer nahen Gefahr – wir alle drei haben das gleichermaßen dort erlebt. Es wurde dermaßen gruselig, dass wir zur Historie Maltas recherchierten. Was noch relativ bekannt war: Im Jahr 1530 hatte der Malteserorden dort seine Herrschaft angetreten und die Stadt

Valletta aufgebaut. Damit folgte man auf diverse europäische Adelsdynastien. Davor hatten die Araber das untergehende Römische Reich beerbt. Vor diesem wiederum waren Phönizier – auch als Punier oder Karthager bezeichnet – aus dem heutigen Tunesien die Herrscher gewesen.

Aber noch vor Christen, Muslimen, Römern und Phöniziern hatten andere die ältesten Tempel des Mittelmeerraumes errichtet, 22 Megalithische Tempel auf Malta und sechs auf der Nachbarinsel Gozo um 3.000 v. Ch. Bis heute ist nicht überzeugend geklärt, wie die massiven Steine derart akkurat herausgearbeitet und nahezu fugenlos eingepasst werden konnten. Und wer hatte warum die Untertunnelung der gesamten Insel vorgenommen? In Katakomben auf ganz Malta sind bisher 60.000 Skelette gefunden worden. Vereinzelt führen noch Gänge in eine weitverzweigte Unterwelt mit Opferkammern für zelebrierte Menschenopfer – auch unter der Hauptstadt Valletta und Umgebung!

In unserem unheimlichen Town House malten wir uns fantasievoll aus, dass der Grund und Boden unter den Fundamenten noch immer verflucht war und unheilvolle Energien ihren Weg bis zu uns in die Apartments fanden. So viel Blut war über Jahrtausende gewaltsam verströmt worden, so viele Schlachten geschlagen und Menschen geopfert worden. Ein mysteriöser Kabelbrand nicht lange vor unserem Einzug spielte unserer Fantasie zusätzlich in die Karten. Der Vermieter hatte einmal lapidar erwähnt, dabei wäre es um ein Haar zu verheerenden Schäden im Haus gekommen, womöglich mit Schwerverletzten. Bei der Gelegenheit hatte er auch nicht vergessen zu erwähnen, dass das Haus in den letzten Jahren bereits zweimal fast bis auf die Grundmauern abgebrannt sei und offizielle Untersuchungen keine schlüssige Ursache erbracht hätten.

Alles in allem war der Umzug ein Segen. Was aus der Zeit im Town House in der schnuckeligen Gasse inklusive Meerblick geblieben ist, ist mein allmorgendlicher „Gassen-Gruß" auf Instagram: Style-Check plus Geschichten und Erlebnisse von der Insel Malta. Ja, genau, in dieser Gasse wurde mein „Gassen-Gruß" geboren.

Sobald ich wieder ruhig schlafen konnte und den Alltag im Griff hatte, schloss ich endlich auch mit den negativen Erfahrungen ab, die das Leben in Deutschland außer dem Fiskus mit sich gebracht hatte. Mein Münchner Telefonbuch schmolz zusammen wie Schnee in der Sonne, sobald es nur noch eine Malteser Mobilnummer gab. Zu lange hatte ich der ebenso verschwenderischen wie oberflächlichen Heuchelei, Ignoranz und Egomanie Tür und Tor geöffnet, war selber ein Teil davon gewesen. Eine Bereinigung tat dringend Not. Dabei kam mir ein ureigener Charakterzug entgegen, nämlich mich nicht über Reichtum, Luxus oder falsche Freunde definieren zu müssen. Auch ich habe mich in der Vergangenheit von diesen Dingen einnehmen und verführen lassen, keine Frage, aber ich habe nie mein Leben daran gehängt. Dazu fällt mir eine kleine Anekdote ein:

Otto und ich müssen wohl schon so an die zwei Jahre geschieden gewesen sein, als ich im Auftrag von RTL auf der Münchner Wiesn unterwegs war – mit Mikrofon und in einem Prêt-à-Porter-Dirndl meiner Designerfreundin Lola

Paltinger. Auf der Suche nach prominenten Gesprächsgästen streifte ich mit einem Kamerateam kreuz und quer übers Oktoberfest. Selbstredend inspizierte ich auch den Innenhof der Käfer Wiesn-Schänke. So warm und sonnig der Tag auch war, er wurde noch schöner beim Anblick dreier Herren in einem der Käfer-Sitzbereiche. Zuerst erkannte ich Otto Kern, meinen Otto, der mir auch gleich verzückt zuwinkte. Dann sah unser lieber gemeinsamer Freund Olivier Widmaier Picasso zu mir herüber. Und auch Ottos langjähriger jüdischer Mentor in Sachen Finanzen und Aktien, Gogo Reisner, saß mit am Tisch. Er hat diesen älteren Herrn zeitlebens wie einen väterlichen Freund geliebt. Ich veranlasste das RTL-Team, die Kamera auszuschalten, um Otto nicht in irgendeiner Weise vorzuführen und um einige private Minuten mit den Dreien genießen zu können. Für uns alle war es ein begeistertes, ausgelassenes Wiedersehen. Olivier Widmaier Picasso zum Beispiel hatte ich zu dem Zeitpunkt zwei Jahre lang nicht gesehen.

Er war es auch, dem längst eine Frage unter den Nägeln brannte, was eindeutig war, denn er kam schnell darauf zu sprechen: »Wie machst du das nur? Fehlt dir das nicht, all das, was du hattest?«

Olivier meinte damit vor allem das Chateau in der Normandie. Er gestand mir, dass er oft darüber nachgedacht hätte.

»Vachement non!«, also »Verdammt, nein!«, entgegnete ich, ohne nachdenken zu müssen. »Weil ich immer noch den Kies höre, als würde ich über den Weg zum See schreiten, um Ruhe zu finden. Ich rieche noch die duftende Schokolade, als hätte Patrick gerade eine neue Mousse Au

Chocolat gemacht oder die Schokoladenkekse für O. J. in die unterste Schublade links gelegt. Ich spüre die Tiere und rieche den Wald auf dem Anwesen, höre noch das Plätschern des Wassers dort. Ich sehe die Teelichter im Häuschen von Mira und Patrick noch ganz deutlich vor mir. Ich trage es für immer in meinem Herzen.«

Daraufhin umarmte er mich, und die Rührung war ihm ins Gesicht geschrieben. »Oh, Sarah, je suis tellement contente«, also »ich bin so glücklich.«

Auch, dass er sehr stolz auf mich sei, gab er mir noch mit auf den Weg.

Bis heute empfinde ich solche Erinnerungen als den wahren Schatz, denn letztlich nehmen wir ansonsten nichts mit ins Grab. Nur auf diesem Pfad der Dankbarkeit und Demut – gemeinsam mit Ehrlichkeit und Fleiß – lässt sich Weisheit erlangen, die wiederum eine reiche Seele auszeichnet. Wenn ich meine körperliche Hülle für immer verlassen haben werde, möchte ich schließlich mit reichen, wissenden Geistern gleichgesinnt kommunizieren können und nicht mit unwissenden, primitiven Geistern kommunizieren müssen. Deshalb sollte man Missgunst, Neid, Wut oder gar Hass, falls vorhanden auch bestmöglich aus der eigenen Gleichung des Lebens streichen. Das ist jedenfalls meine Philosophie.

Auf dem spirituellen Weg zu innerer Reinigung half mir ein Ereignis auf Gozo weiter, der kleineren Nachbarinsel Maltas. Zunächst noch auf Malta, lernte ich während einer Maniküre eine sehr nette Dame kennen, die mich daraufhin in ihr wunderschönes Haus auf Gozo einlud. Gemeinsam mit meinen Söhnen besuchte ich sie dort. Anschließend meditierten wir im Altarraum des ältesten Tempels der Welt, älter noch als die ägyptischen Pyramiden und zudem UNESCO-Weltkulturerbe.

Im Geiste ging ich durch mein bisheriges Leben, und eine Quintessenz aller Gedanken war: Vertraue auf deine innere Kraft, lass dich nicht fehlleiten. Schnelllebigkeit, Konsumwahn, Manipulation durch Medien sowie gesellschaftliche Meinungs- und Verhaltensdiktate wurden mir als die größten Stolpersteine auf dem Weg zu Selbstverwirklichung und Weisheit vor Augen geführt. Es ging im Leben nicht um immer mehr von allem – mehr Sex, mehr Kaviar und Champus, das Ansammeln von Statussymbolen …

Auf Gozo durchlief ich übrigens auch eine spirituelle Rückführung, was mir die erstaunliche Erkenntnis einbrachte, dass ich in allen früheren Leben ein Mann gewesen war.

Der erste Malteser, den ich näher kennenlernte, war ein Mann, der mir unfreiwillig oder besser ohne eigenes Wissen den unvergleichlichen Humor Gottes vor Augen führte. Es war während eines meiner ausgedehnten Spaziergänge. Ein vergleichsweise kleiner Mann – was unter Maltesern die Regel ist – mit Brille und Muskelpaketen Marke Bodybuilder kam mir entgegen. Der hat was von einem maltesischen Popeye, dachte ich noch so, mit breiten Schultern bis nach Jericho, Kugeln an den Armen wie Honigmelonen und Oberschenkeln, dass er die Haxen kaum zusammenbekam.

Eben der sprach mich überaus galant an: »Entschuldige bitte, dass ich dich so einfach anspreche, aber ich muss dich einfach ansprechen. Ich liebe deinen Stil. Darf ich dich auf einen Kaffee oder zum Essen einladen? Ich möchte dich einfach nur kennenlernen, du bist atemberaubend.«

Warum ich stehenblieb und mich auf ein Gespräch einließ? Tja, vielleicht war es die Brille, die ihm einen intellektuellen Touch verlieh, oder seine nette Art gepaart mit dem sanften Glanz in den Augen. Der massiv muskelbepackte Körper, den ich auf hohen Absätzen locker um einen Kopf überragte, war es jedenfalls nicht. Ich stand zwar auf Muskeln und Sixpack, aber das war mir dann doch deutlich zu viel.

»Ähm, du bist ja auch ganz sympathisch, aber eigentlich habe ich keine Zeit. - Du bist offensichtlich Bodybuilder.«

»Ich heiße David. - Bodybuilder mehr aus Hobby, ich nehme aber weltweit an Wettbewerben teil, das stimmt. Ansonsten arbeite ich beim Finanzamt von Malta.«

Im ersten Augenblick dachte ich, mich tritt ein Pferd. Aber göttlicher Humor war Trumpf und ich lachte. »Oh, wow, beim Finanzamt, also. Na dann, gehen wir einen Kaffee trinken.«

Finanzamt, ausgerechnet, wo die doch ein gewichtiger Grund für mein Auswandern und etliche schlaflose Nächte gewesen waren – witzig, genau mein Humor. - Nachdem ich eine romantische Beziehung im weiteren Gespräch von vornherein ausgeschlossen hatte, wurde daraus eine innige, platonische Freundschaft. David lag es am Herzen, dass ich Malta unbedingt richtig kennenlernte und liebgewann.

Sein persönlicher Schwur an mich lautete dann auch: »Sarah, ich verspreche dir, innerhalb eines halben Jahres wirst du jeden bedeutenden Platz auf dieser Insel kennen, weil ich dir jeden Tag in der Mittagspause oder am Wochenende, wann immer du willst, etwas von meiner Insel zeigen werde.«

Und er hat Wort gehalten. David gehört heute zu meinen engsten Freunden – liebenswert, charmant, klug und witzig. Er hat einfach alles, was einen tollen Mann und Freund auszeichnet.

Der zweite Malteser, den ich näher kennenlernte, hieß Hezron und war der Manager und Inhaber eines angesagten Beach Clubs. Obwohl oder gerade weil ich besonders in den ersten Wochen auf Malta extrem gefordert war, musste ich zur Ablenkung von Zeit zu Zeit tanzen gehen, unter Leuten sein, einen tiefen Zug weite Welt inhalieren. Konnte da irgendetwas näher liegen als ein Beach Club? Also für mich nicht. So kam es dann zu der Begegnung mit besagtem Geschäftsmann, dem noch weitere Beach Clubs, Restaurants und Bars auf Malta gehörten. Wir freundeten uns an, und ich genoss fortan einige Privilegien wie die freie Nutzung der Poolanlage oder Einladungen zu Freiluftkonzerten.

Auch an diesen Aktivitäten zwischen schönen Menschen, Meer und heißen Rhythmen ließ ich meine Instagram-Community teilhaben. Augen und Ohren der Gazetten und Zeitschriften waren ebenfalls immer ganz wissbegierig dabei. In null Komma nichts bekam man zu lesen: ‚Frau Kern schwelgt in Luxus‘ oder ‚Frau Kern geht in die besten Beach-Clubs‘. Das Ganze war garniert mit entsprechend reißerischen Fotos. Als hätte ein ordinärer Salat mit der einen oder anderen Garnele on top mich 50 Euro gekostet.

Aber bitte, sollten die ihre Fantasie ruhig bemühen, wenn es ihnen Spaß machte. Diese Art Presse tat mir nicht weh, und Papier würde eh immer geduldig bleiben.

Natürlich darf ich die Malteserin Joyce nicht vergessen, eine ältere Dame, die neben mir auch meinen Söhnen schon in der Anfangszeit ans Herz gewachsen ist. Beiden wurde sie fast schon zu einer Ersatzoma. Sie war die bereits erwähnte Nachbarin in dem unheimlichen Town House gewesen, der wir unseren Hund „Buddy" verdankten. Gelegentlich besuche ich sie noch immer.

In der neuen Heimat schöpfte ich auch die nötige Energie, um die Insolvenz nach deutschem Recht bereits früher hinter mich zu bringen, als die in der Regel angesetzten sechs Jahre. Ich trug meine Steuerschuld aus eigener Kraft voll ab, jeden Cent davon. Damit hatte ich alleine in den letzten zehn Jahren mehr Steuern an den Fiskus abgeführt, als der durchschnittliche Deutsche in seinem ganzen Leben.

Nie wieder deutsche Steuersätze, nie wieder diese Behandlung – nein danke!

Auf Malta erfuhr ich auch die gelegentliche Melancholie als einen ganz neuen, einen durchweg bereichernden und mitunter tröstlichen Gemütszustand – anders als seinerzeit in Wien, wo mich alles wie schon geschildert erdrückt hatte. Das wurde zum Beispiel bedeutsam, als ich begann, in Storys auf Instagram tagtäglich über Zwischenmenschliches, Frauenspezifisches, Politik, Tierschutz, Mode und vieles andere mehr zu sprechen – schon bald vor Tausenden von

Followern. Natürlich blieb es nicht aus, sich auch mit der Vielfalt an Unmenschlichkeit und Grausamkeiten in Deutschland, Europa und der Welt zu befassen. Da waren die unsäglichen Kriege und Konflikte, wohin man auch sah, der maßlos bösartige Hass in den sozialen Netzwerken, Gier und Verlogenheit in den Geschäftspraktiken von Unternehmen oder die ungezügelte Tierquälerei durch Pharmaindustrie und Massentierhaltung. Das alles machte mich unendlich traurig. Und wenn schon Religion, dann sollte doch keine einer anderen vorzuziehen sein. Jeder Mensch hatte doch das Recht, als solcher auch geliebt und respektiert zu werden. Jedes Leben, auch Tiere und Pflanzen, galt es nach Kräften zu schützen.

All das thematisierte ich, kommentierte und diskutierte es öffentlich – selbst oder besser gerade, wenn es innerlich schmerzte. Denn das ist es, was echte Demokratie und einen eigenständig denkenden Menschen in Freiheit auszeichnet. Es erinnerte mich an jene tollen Zeiten, in denen wir für die Marke „Otto Kern" provokante, entlarvende, unbequeme Kampagnen gefahren haben, die aufrüttelten und zum Nachdenken anregten.

Dank der mitschwingenden Melancholie reflektierte ich wieder mehr, vergoss die eine oder andere mitfühlende Träne mehr und handelte danach. Ein Beispiel dazu: Als der Lemon Beagle „Buddy" in unser Leben trat, schrieb mir daraufhin jemand, seine Tante hätte auch so einen – aus dem Tierlabor. Ich fiel vom Glauben ab und informierte mich sofort. Ja, in Deutschland durften in Labors nach wie vor auch Hunde aller Art gequält, vergiftet, verstümmelt und zu Tode gebracht werden. Eine Tatsache, auf die mein rebellischer Geist postwendend ansprang. Es machte mich zur Veganerin, und ich bin zu Demos nach Deutschland geflogen.

Es wurde mir zur festen Angewohnheit, draußen zu sitzen und aufs Meer zu blicken oder an der Uferpromenade spazieren zu gehen – über das Hier und Jetzt sinnierend oder in reichhaltigen Erinnerungen schwelgend. Egal, was gerade anstand oder welche Herausforderung mir die Aufwartung machte, ich empfand inneren Frieden. Weil ich tat, was ich tun wollte, sagte, was immer ich für richtig und wichtig hielt, umgeben von der unbeschreiblichen Schönheit des Lebens. Traumhafte Sonnenuntergänge und exotische Düfte, der beruhigende Klang der Wellen und eine umschmeichelnde Brise, dazu die liebenswerten Fischer mit ihrem frischen Fang – ich hatte mein irdisches Paradies gefunden. Diese Insel entschleunigte mich, lehrte mich, wie mein Tatendrang auf der Überholspur neben den leisen Tönen des Lebens angemessen Platz finden konnte. Sollten andere sich weiterhin in Nichtigkeiten verzetteln, über eine misslungene Salat-Vinaigrette meckern, Schnappatmung wegen einer politisch unkorrekten Wortwahl bekommen oder sich an einem gefühlt zu laut vorbeifahrenden Auto hochziehen. Ich wollte und würde an diesen Nonsens keine einzige Minute mehr verschwenden.

Von Anfang an hatte ich das Gefühl, dass mich ein spirituelles Band mit Malta einte. Es existiert sogar ein realer Bezug: Der Malteserorden war ja bekanntlich ein Ritterorden, der die Insel nachhaltig geprägt hat. Der Name meiner Familie väterlicherseits wiederum – Reismann – geht auf ‚reisende Männer', genauer ‚fahrende Ritter' zurück. Die diesbezügliche Ahnenforschung war meinem Opa in den 1930er Jahren regelrecht aufgezwungen worden, weil den Nationalsozialisten unser Name zu jüdisch geklungen hatte. Es hatte der unbedingte Beweis erbracht werden müssen, dass dem nicht so war.

Als ich die ersten Male durch die engen Gassen Vallettas spazierte und die alten Gemäuer bewunderte, gefiel mir die romantische Vorstellung, dass vielleicht schon Vorfahren von mir dort gewandelt waren, vielleicht sogar die Festungsmauer mit erbaut hatten.

Abschließend möchte ich von einer weiteren Veränderung erzählen, die mit mir vor sich ging, seit ich Deutschland final den Rücken gekehrt hatte: Ganz spontan ausgedrückt habe ich mich von einem „Maneater" zu einer „Frauenfreundin" entwickelt.

Eigentlich hatte es bereits in meinem Haus in Grünwald begonnen, als die zweite Scheidung längst abgehakt war und seither schon einige junge Männer das Bett mit mir geteilt hatten. Ein wirklich magischer Moment, als ich seinerzeit alleine vor der Wand mit gerahmten Fotos stand. Persönlichkeiten wie Lionel Richie, Jassir Arafat und Mario Adorf hingen da genauso, wie Aufnahmen besonderer gesellschaftlicher Ereignisse in aller Welt oder unvergessliche Momente mit meiner Familie. Und dann sah ich mich dort selbst eingerahmt, allein, wie ich lächelnd über die Schulter nach hinten blicke, die Haare ganz klassisch zurückgesteckt und ein blaues Seidenkleid mit perlenverzierter Schleppe tragend. Wunderschön und natürlich, wie Sissi in modern.

»Schön, Sarah, dich kennenzulernen«, hörte ich mich da selber sagen.

Ab dem Zeitpunkt geschah etwas mit mir, das sich auf Malta nochmals intensiviert hat. Ich begann zu verstehen, dass mein Eigenwert nicht davon abhing, wie viele Typen ich aufreißen konnte, wie viele Männer nur auf einen Wink von mir warteten oder mir vielleicht schmachtend schrieben. Ich spielte immer weniger auf dieser Klaviatur, baute dafür den Schriftverkehr mit Frauen auf und aus. Daraus sind kommunikative Freundschaften erwachsen, die Politik und Wirtschaft beinhalten, wo es um Kultur und Zwischenmenschliches jeder Art geht. Ein intellektueller Austausch, den ich zuvor fast ausschließlich mit Männern verwirklicht habe. Vor allem während der Corona-Phase mit erschütternden „Hexenjagden" und massiv schwindenden Freiheitsrechten habe ich diverse weibliche Kontakte als ganz besonders fruchtbar und inspirierend empfunden.

Weder habe ich meine lesbische Ader entdeckt, noch üben Männer keinen sexuellen Reiz mehr auf mich aus. Ich definiere mich nur nicht mehr über die Männer und empfinde den Austausch mit Frauen als genauso erfüllend.

Das achte Leben der Sarah Kern: Die Schrecken der Corona-Pandemie

Der Lockdown des Jahres 2020 im Zuge der globalen Corona-Pandemie hat auch mich auf Malta kalt erwischt – und wie! Flugzeuge mussten am Boden bleiben, die Einreisebestimmungen wurden immer rigider gehandhabt, womit das Studio von Channel21 für mich bis auf Weiteres unerreichbar blieb. Was konnte ich in der Situation tun? Immerhin stand wieder einmal meine Existenz auf dem Spiel. Dank meines Improvisationstalentes fand ich den einzigen verbliebenen Ausweg: Kurzerhand schrieb ich einen maltesischen Politiker an, ob der nicht ein professionelles Filmteam für mich wüsste. Das tat er, und bei mir schlugen kurz darauf versierte Profis von der Insel samt Equipment auf – echt witzig. Gemeinsam brachten wir meine vier Wände auf das erforderliche Niveau eines Produktionsstudios, und ich schickte „Buddy" auf ausgedehnten Ausflug mit einem Hundesitter. Voilà, der Versuchsballon konnte starten. Via Skype wurde ich in die Verkaufssendung bei Channel21 zugeschaltet. Wie würde es vom Publikum aufgenommen werden? Der Erfolg war Beweis genug, dass eine Sendung quasi von Wohnzimmer zu Wohnzimmer ihren ganz eigenen Charme entfalten konnte. Es funktionierte technisch, und es wurde von meinem treuen Kundenkreis angenommen.

Parallel setzte ich natürlich auch den täglichen „Gassen-Gruß" – auch „Coffee-Time" genannt – fort. Jenes von mir auf Malta entwickelte Instagram-Format, welches unter anderem auch meine diversen Kollektionen und mich als Modedesignerin in Szene setzte und Einkommen generierte.

Kreative Lösungen zu finden, um den eigenen Lebensunterhalt weiter bestreiten zu können, war das eine. Eine mindestens ebenso große Herausforderung stellten die restriktiven Corona-Maßnahmen der Regierungen dar, welche zunehmend entfesselt bürgerliche Grundrechte ad absurdum führten, siehe Masken- und Impfzwang. Wer kritisch hinterfragte, regierungskonforme Expertenmeinungen anzweifelte, an Protestdemonstrationen teilnahm oder es gar ablehnte, sich den Zwangsverordnungen komplett zu unterwerfen, bekam es schnell mit gesellschaftlichen Schikanen und staatlichen Strafandrohungen von Bußgeldern bis hin zu Gefängnis zu tun. Beispielsweise mutete die „Hexenjagd“ des politisch-medialen Komplexes in Deutschland gegen Ungeimpfte zeitweise wie dunkelstes Mittelalter an. In meinen Augen ist es wenig verwunderlich, dass die dafür Verantwortlichen sich aktuell an keine ernsthafte Aufarbeitung wagen – Impfschäden, psychische Negativfolgen und einschlägige Suizide lassen grüßen.

Da fällt mir spontan der Austausch mit einem Kita-Erzieher im Rahmen eines von mir geschriebenen Kinderbuches ein.

Für ihn war es nur sehr schwer erträglich, weinende Kinder nicht mehr tröstend in den Arm nehmen zu können. Social-Distancing mit ausgestrecktem Arm et cetera pp musste er den Kleinen entgegen seiner inneren Überzeugungen beibringen. Wen wundert es da noch, wenn

Kinderpsychologen im Nachgang noch immer Hochkonjunktur haben?

Auch auf Malta hat man haarsträubende Verordnungen erlassen, die einem noch im Nachhinein die Schuhe ausziehen. Da sind ja Leute zu saftigen Geldstrafen verdonnert worden, wenn sie ohne Maske im Meer geschwommen sind – alleine! Derart verunsicherte Einzelpersonen haben sogar bei über 40 Grad alleine im Auto Maske getragen. Oder Italien, wo Hundebesitzer während der verschärften Ausgangssperren ihre „Fiffis" zum Pinkeln und Kacken aus den Häusern abgeseilt haben. Wenn man sich das bizarre Hoch und Runter an der Fassade bildlich vorstellt, möchte man fast schon lauthals lachen.

Die Corona-Zeit steht eben auch für Verbrechen gegen Menschen und Menschlichkeit. Eine Meinung, der sich sehr viele Leute mit gesundem Menschenverstand längst anschließen. Leider wagen es noch immer zu wenige, die Fakten offen und ehrlich zu benennen, was tief blicken lässt.

So oder so, in den Geschichtsbüchern wird eines Tages viel Erschütterndes dazu geschrieben stehen. Ich kann euch außerdem versichern, in dieser Angelegenheit leuchtet mein Aluhut schon heute von hier bis mindestens nach Paris, wenn nicht gar bis Peru.

Als diverse Maßnahmen im Zuge des ersten Lockdown schließlich gelockert wurden und ich von Malta aus wieder nach Hannover fliegen durfte, blieb die Situation nichtsdestotrotz spooky. Direktflüge gab es aufgrund der weitgehend ausgesetzten Inlandsflüge in Deutschland noch immer nicht, was bedeutete, einen Umweg über zwei weitere, annähernd menschenleere Airports in Kauf nehmen zu müssen, konkret also: Malta – Zürich – Amsterdam – Hannover oder auch Malta – Zürich – Paris – Hannover. Vor Ort gängelten einen jeweils aufdringliche Keep-Distance-Hinweise nebst Absperrbändern. Dazu noch die allgegenwärtige Polizeipräsenz – man wähnte sich inmitten eines düsteren Science-Fiction-Dramas. Das ganze Theater kostete mich enorm viel Lebenszeit, verursachte zusätzlichen Termindruck sowie unsäglichen psychischen Stress, wie er einen Freigeist angesichts eines solchen Szenarios nun mal beherrscht und auf Dauer an den Kräften zehrt.

Zur Wahrheit gehört aber auch, dass die Teleshopping-Branche dank COVID zu den wirtschaftlichen Gewinnern während der Pandemie gehörte. Die Ladengeschäfte waren dauerhaft geschlossen, sodass die Menschen zwangsläufig ihr Konsumverhalten ändern mussten. Zu Hause zudem mehr oder weniger eingesperrt, wurde umso mehr TV konsumiert und gezappt. Dort boten Teleshopping-Sender wie Channel21 nicht nur Verkaufsshows mit einem gefälligen Warensortiment, sondern auch die nötige Ablenkung vom beängstigenden Alltag. Während die Unternehmensinsolvenzen insgesamt deutlich zunahmen und viele ihre Jobs verloren, konnten meine Branche und damit auch ich höhere Umsätze erzielen.

Zu meiner Erleichterung wurden die Zwangsmaßnahmen im Laufe der Monate so weit gelockert, dass deutsche Inlandsflüge wieder vermehrt stattfanden und Direktflüge von und nach Hannover angeboten wurden. Es ging doch nichts über den persönlichen Kontakt mit den geschätzten Kollegen im Studio. Neben dem obligatorischen Schnelltest hieß es jedoch auch weiterhin: Maske tragen auf den Gängen und beim Verkabeln. Während der Live-Sendungen mussten Moderatoren und Models stattdessen einen gewissen Abstand zueinander einhalten. Gewöhnungsbedürftig auch das, ja, aber wenigstens eine Routine mit freiem Durchatmen. Mal ganz ehrlich: Aufgrund meiner unverstellt kritischen Haltung zum Thema Corona-Maßnahmen blieb mir nicht mal eine Handvoll Gleichgesinnter im gesamten Unternehmen, mit denen man außer der Reihe noch offen und unbeschwert quatschen konnte. Die COVID-Hysteriker waren – wie überall im Land – nun mal in der Überzahl und tonangebend, ließen es einen mit regierungskonformen Weisheiten spüren.

So, wie die Maskenpflicht nach und nach wegfiel, blieben auch die höheren Umsätze ein vorübergehendes Phänomen, wie sich herausstellte, sobald die Pandemie an Schrecken verloren hatte und die Zwangsmaßnahmen weitgehend aufgehoben wurden. Die Auswirkungen der zweijährigen COVID-19-Pandemie hatten die Menschen grundlegend verändert. Die einen trieb es ins Freie, als gäbe es kein Morgen mehr, andere igelten sich erst recht in den eigenen vier Wänden ein, so als hätten sie Angst vor allem und jedem. Streaming-Anbieter wie „Netflix" konnten sich vergnügt die Hände reiben. Apps und Devices lösten die klassischen Fernsehgewohnheiten endgültig ab. Auch sonst lief das Konsumverhalten zu Hause in ganz neuen Bahnen. Das Internet war zum gefühlt unverzichtbaren Medium aufgestiegen. Onlineshopping lief dem Teleshopping deutlich spürbar den Rang ab und machte auch dem Einzelhandel draußen nachhaltig zu schaffen. Der geschäftliche Wind blies mir zunehmend eisig ins Gesicht. Ohnehin hatte ich nach dem Weggang von HSE24 deutlich kleinere Brötchen backen müssen, wo noch Jahresumsätze von bis zu 20 Millionen Euro möglich gewesen waren. Mir fehlte ein potenzielles Millionenpublikum alleine schon durch die Tatsache, dass Channel21 zumindest anfangs die Märkte in Österreich und der Schweiz nicht bediente. Zu der geringeren Reichweite gesellte sich noch ein vergleichsweise ungünstiger Sendeplatz. Davon abgesehen befanden sich offenkundig auch die Konsumbedürfnisse an sich in einem Wandel. Veritable Mode aus erster Hand verlor an Strahlkraft. Das Hauptaugenmerk lag nun auf Home & Living, gutes Essen oder eben Nachhaltigkeit durch Second Hand beziehungsweise Konsumverzicht bei Klamotten. Nicht zu vergessen Onlineshops wie „SHEIN“ oder „TEMU“, die mit chinesischen Billigtextilien erfolgreich den Weltmarkt eroberten und besonders bei jungen Leuten angesagt waren. In zunehmend unsicheren Zeiten – insbesondere unter dem Eindruck von Corona-Pandemie, Ukraine-Krieg, Rohstoffknappheit und der rasanten Auswirkungen des Klimawandels – wurde eher zwanghaft gespart, als in weitere qualitativ hochwertige Bekleidungsstücke oder leicht verzichtbaren Schmuck zu investieren. Kurz gesagt: Die Zeiten des überzogenen Konsums neigten sich im Großen und Ganzen scheinbar dem Ende entgegen, und das wäre sicher auch gut so gewesen. Traurig nur, dass gerade dieser Konsum als ein entscheidender globaler Faktor für die Volkswirtschaften gilt. Wachstum auf Gedeih und Verderb – so lautet die einzige Devise, wenn Unternehmen und

Nationen nicht zu den Verlierern im ökonomischen Wettbewerb gehören wollen.

Heute – mit dem nötigen Abstand – kann ich diese kritische Haltung einnehmen. Doch in der Endphase der Pandemie quälte mich vor allem die Frage, wie ich mich und meinen noch minderjährigen Sohn Romeo als alleinerziehende Mutter finanziell durchbringen sollte. Sicher, die Insolvenz war überstanden, doch gingen damit Kosten für Anwälte und Steuerberater sowie anderweitige Forderungen einher, die zu bedienen waren – mit den Einnahmen bei Channel 21 kaum noch zu stemmen. Wir lebten von der Hand in den Mund. Mich peinigten Existenzängste, die an Intensität zunahmen. Oder anders ausgedrückt: Gefühlt kamen die Wände immer näher.

Wenn mich diese Lebensphase mit Insolvenz und Pandemie eines gelehrt hat, dann einen wesentlich gesünderen Bezug zu Geld beziehungsweise einen intelligenten Umgang damit.

Als hochbezahltes Model, anschließend Millionärsgattin und schließlich eigenhändige Millionärin, war das nie ein relevantes Thema gewesen. Genau genommen hatte Geldverschwendung immer zum Programm gehört. In der unerbittlichen Schule des Lebens musste ich nun auf die harte Tour dazulernen. Es hat mich zu einem anderen, einem neuen Menschen gemacht. Nebenbei gesagt bin ich auch sehr froh, dass meine beiden Jungs dadurch nicht ausschließlich mit goldenem Löffel im Mund herangewachsen sind. Ein Prinzessinnen-Syndrom ist definitiv ein schlechter Ratgeber, wenn man mal selbst was reißen muss. Es hat mich stolz gemacht, zu erleben, wie wir als Familie noch näher zusammengerückt sind und gemeinsam das Beste aus allem gemacht haben.

Besonders in Hinblick auf meine Insolvenz erinnere ich mich immer wieder gerne an einen Ausspruch von Unternehmer Elon Musk: ‚Du darfst als Unternehmer auf die Fresse fallen und eine Insolvenz hinlegen. Aber, wenn du zurückkommst, dann breite deine Flügel aus, werde größer und mach es besser.'

Noch das eine oder andere Wort zu dem, was besagte Pandemie-Jahre psychologisch aus den Menschen gemacht haben: Unter dem Deckmantel des Volkswohls war aus Hysterie aber auch gezielt ausgegrenzt und gegeneinander aufgehetzt worden. Denunziation unter Nachbarn, Familienmitgliedern und Freunden war wieder salonfähig geworden. Mit dem Ergebnis eines gegenseitigen Vertrauensverlustes, der noch lange nachwirken wird. Man ist sich fremd geworden, die Paranoia sitzt mit am Tisch. Was nutzt einem der theoretische Schutz der eigenen Würde oder das Recht auf eine eigene Meinung, wenn es dich in der Praxis in Teufels Küche bringen könnte?! Ergo sagt der eingeschüchterte Bürger entweder gar nichts mehr oder eben nur das, was ihm voraussichtlich keine Unannehmlichkeiten einbringt.

Anfang des Jahres 2022, als sich die Spannungen zwischen Russland und der Ukraine schon bedenklich zuspitzten, fragte mein jüngerer Sohn genervt, wann der ganze „Corona-Scheiß" mit den restlichen Restriktionen bloß endlich aufhören würde.

»Du wirst sehen, wenn der Krieg ausbricht und den Leuten mit Schreckensszenarien wie Weltkrieg Angst gemacht wird, spricht kein Schwein mehr über COVID«, orakelte ich und sollte damit recht behalten.

Es war schon irre, wie plötzlich bloß noch von Putin und Russlands Verflechtungen mit China und Nordkorea die Rede war. Ruckzuck war die Pandemie abgehakt und verblasste in ihrer bis dahin verbissen hochgehaltenen Bedeutung. Vorhang auf für die nächste durchs Dorf zu treibende Sau!

Das neunte Leben der Sarah Kern: Achterbahnfahrt der Emotionen und Wendungen

Man konnte es drehen und wenden, wie man wollte: Die Umsätze, welche ich – und beileibe nicht nur ich – im Teleshopping-Bereich noch generieren konnte, waren zunehmend ernüchternd. Über die parallel eingeblendeten Abverkaufszahlen wurde mir das in jeder meiner Live-Verkaufssendungen schmerzhaft vor Augen geführt. Es war höchste Zeit, mich wieder einmal neu zu erfinden.

Während ich noch über andere realisierbare Optionen nachdachte, erfüllte sich tatsächlich ein häufig bemühtes Klischee des Lebens, das da heißt: ‚Wenn sich eine Tür schließt, öffnet sich andernorts eine neue.' Und diese besagte neue Tür öffnete mir mein Steuerberater Sir Alfons Schwarte, der mich schon seit Jahren betreute, mich dadurch auch sehr gut kennengelernt hatte und mir freundschaftlich verbunden war und ist – mein engster Vertrauter auf Malta. Der Abgesang auf die COVID-Zeit war bereits eingeläutet, als er – selbst ein Ritter – mich überraschend für den ältesten militärischen Ritterorden der Welt ins Gespräch brachte: ‚Ordo Byzantinus Sancti Sepulchri – Sovereign Dynastic Military Order of Chivalry'. Er kannte mich als grundehrliche Person voller Tatendrang und Entschlossenheit – natürlich, als Doppelschütze –, die beherzt für Frauenrechte einstand, was mich grundsätzlich qualifizierte. Sein Vorschlag musste aber noch von drei weiteren Ordensrittern sowie dem Großherzog des Ordens auf Grundlage meiner

Vita beziehungsweise bisherigen Lebensleistung bestätigt werden. Ein ehrbarer Bürger ohne kriminelle Vergangenheit zu sein, war ebenfalls ein Muss, genauso wie ein besonderes Maß an Würde und Grazie.

By the way: Es schickt sich nicht, einen Ritter oder eine „Dame" danach zu fragen, womit er oder sie diesen Titel verdient hat.

Ich wurde für würdig befunden, den Ritterschlag zur ‚Dame of Magistral Grace' zu empfangen. Nun gab es ja durchaus schon einige illustre Damen mit dem Titel „Dame" wie Olivia Newton-John, Hellen Mirren oder Shirley Bassey. Doch keine von denen gehörte diesem ältesten militärischen Ritterorden an.

Apropos: Rein intuitiv hatte ich mir Jahre zuvor – also lange bevor der Ritterschlag überhaupt Thema geworden ist – ein maltesisches Ritterschwert mit Kreuzgriff über den gesamten Unterarm tätowieren lassen, als Sinnbild für einen weiblichen Ritter und Streiter im Kampf für Emanzipation und Gleichberechtigung. Der erste weibliche Ritter auf Malta hatte ich eines Tages sein wollen – und siehe da …

Zunächst erhielt ich den Titel nur per Urkunde – inklusive Eintrag im Reisepass –, weil der zeremonielle Ritterschlag per Schwert auf heiligem Boden aufgrund noch nicht gänzlich gefallener Corona-Maßnahmen auf sich warten ließ. Glücklicherweise nicht lange: Der Erhalt einer offiziellen Einladung mit Ordenswappen zur sogenannten ‚Solemn International Investiture Ceremony of Knights and Dames' am 28. Mai 2022 in Rom ließ mich vor lauter Glück und Demut weinen. In Begleitung meines Zwillingsbruders Lars und meiner Freundin Eva machte ich mich zu gegebener Zeit – zwei Tage vor der Investitur – auf den Weg in die heilige Stadt. Von einem gemieteten Apartment mit Blick auf den Vatikan aus haben wir bei schönstem Sonnenschein die Straßen und Gassen Roms nebst Sehenswürdigkeiten erkundet und italienisches Essen aus erster Hand genossen – einfach herrlich. Auch war es mir eine Herzensangelegenheit, Lars mein ganz persönliches Rom zu präsentieren, wie ich es in internationalen Teleshopping-Zeiten erlebt hatte. Na klar, Klassiker wie der Münzwurf in den Trevibrunnen durften dabei nicht fehlen, was denkt Ihr denn?!

Am Tag X galt es zunächst einmal dem vorgeschriebenen Dress Code zu entsprechen: langes Abendkleid, Schleier und Handschuhe, um die Haut angemessen zu bedecken – einheitlich in Schwarz. Den „Dame"-Schleier hatte ich eigens in einem Fachgeschäft in der maltesischen Hauptstadt Valetta gekauft. Die Ordensrobe in Schwarz mit Wappen wurde zur Vollendung der Investitur vor Ort in der Kirche überreicht. Außer mir erhielten an diesem Tag noch zwei weitere Damen sowie sechs Herren den Ritterschlag – in Anwesenheit von Rittern, „Dames" und Angehörigen auf den Kirchenbänken sowie Ordens-Granden auf Stühlen erhöht neben dem Sprechpult. An diesem stand ich nach Aufruf und leistete meinen Schwur darauf, den Segen Gottes innezuhaben. Ganz wichtig, denn das Ganze war ja hochkatholisch. Ich musste mich zudem verpflichten, als „Dame" stets Gutes zu tun und mit meiner Stärke auch für Mitmenschen einzutreten, meinen Consoeurs – also Ordensschwestern – und Confrères – also Ordensbrüdern – wann immer nötig helfend zur Seite zu stehen. Darauf folgte eine

Segnung gegen böse Einflüsse. Dann kam der unbeschreibliche Moment, als ich meinen obligatorischen Knicks vor dem Grand Duke of Byzantium absolviert hatte und nun sein Schwert auf Haupt und Schultern spürte: Man hätte sprichwörtlich eine Stecknadel fallen hören können, als plötzlich Kirchenglocken erklangen, welche ich nicht nur hörte, sondern auf eine Art spürte, als würde ich plötzlich schweben. Alles kam da zusammen, vom Glanz der verliehenen Würde bis hin zum Segen Gottes an diesem heiligen Ort im Herzen Roms. Es war Gänsehaut pur, absolut magisch.

Auch dem Rückweg zu Fuß zum Apartment, in der „Dame"-Bekleidung und am Vatikan vorbei, wohnte ein besonderer Zauber inne. Mehrfach verbeugten sich Männer respektvoll vor mir und vollführten Frauen einen entsprechenden Knicks. Gar nicht so verwunderlich, wie es vielleicht erscheint. Ein Beispiel für das Warum: Mein Titel als „Dame" versetzt mich in die Lage, Menschen segnen zu dürfen. Wenn also eine Investitur auf Malta stattfindet – was durchaus auch vorkommt – und ich als „Dame" erkennbar zugegen sein sollte, wäre es nicht unwahrscheinlich, dass man mich um Segnung einschließlich Kreuz auf die Stirn bittet. Dem müsste ich unbedingt nachkommen, eine Frage der Etikette.

Tags darauf genossen wir unseren Lunch auf der berühmten Piazza Navona – dem Inbegriff des barocken Rom – mit ihrem legendären Vierströmebrunnen oder wie der Italiener klangvoller sagt, mit ihrer Fontana dei Quattro Fiumi. In der Antike hatten schon Julius Cäsar und Kaiser Domitian dort gewirkt und auf dem einstigen Marsfeld ein

Stadion für sportliche Wettkämpfe errichten lassen. Wir – also Lars, Eva, mein Steuerberater und Ordensbruder Sir Alfons Schwarte, zwei oder drei weitere Ordensritter und ich – haben das Wein Picheln auf den Restaurant-Stühlen draußen regelrecht zelebriert. Die heiß brennende Maisonne hätte dem vielleicht ein wenig im Weg stehen können, wenn die feine Wasserbestäubung von oben zwecks Erfrischung nicht gewesen wäre. Nein, wie toll, gemeinsam mit diesen humorvollen Feingeistern jenen grandiosen Ort in der ewigen Stadt zu genießen. Erst Meeresfrüchte-Pasta, dann kühl bestäubt am Rosé nippen und gemeinsam mit der besten Freundin vorbeiflanierende Italiener beobachten – unbezahlbar! Wir alle hätten die Zeit am liebsten angehalten, um nur nicht zum Flughafen aufbrechen zu müssen, was uns noch am selben Tag bevorstand. Als Eva und unser gemeinsamer Freund Alfons letztlich nicht zum Rückflug antraten, nahmen wir Übrigen das mit einer gewissen Portion Neid auf. Na und ob, wir hätten doch selber gern verlängert. Die beiden flogen einen Tag später. Eva hatte wohl etwas zu tief ins Rosé-Glas geguckt und war plötzlich unpässlich gewesen, Alfons wiederum hatte sich für ihr Wohlergehen verantwortlich gefühlt. Sei's drum, mit einem heftigen Triesel im Kopf hätte mir der eine Tag länger auch nichts gebracht.

Ich war gerade einen Tag zurück auf Malta, wo ich über Instagram direkt bilderreich vom Rom-Abenteuer und speziell dem frisch erlangten Titel ‚Dame of Magistral Grace' berichtet hatte. Im Vorfeld hatte ich nichts dazu rausgelassen, die Presseredaktionen traf es also komplett unvorbereitet. Ich stellte mir vor, wie den zuständigen Journalisten von hektischer Sensationsgier gepackt die vollen Kaffeetassen aus den Händen glitten. Tatsächlich stürzte man sich vielerorts auf die Story, wie der Teufel auf die arme Seele, so nach dem Motto: „Nein, die Kern gibt's auch noch?! Was, auch noch zum Ritter geschlagen, mit hochoffiziellem Titel „Dame"?! Scheiße, da müssen wir unbedingt die Ersten sein!" - Mein Ritterschlag wurde von RTL & Co. begeistert in die Welt getragen und ich überaus positiv in Szene gesetzt. Endlich mal wieder Kraft spendender Rückenwind aus dieser Richtung. Es machte mich glücklich und ließ mich glauben, dass sich nun die dringend benötigten zusätzlichen Einkommensquellen auftun würden. Das Glas betrachtete ich jetzt wieder als halb voll mit Tendenz nach oben, keinesfalls mehr als halb leer mit unsicherem Ausgang.

Über meine Insolvenzverwaltung war das zuständige Finanzamt in München lückenlos über meine jeweils aktuelle Wohnadresse auf Malta informiert worden. Mit Ende der Insolvenz war auch allen Beteiligten klar, dass ich in Deutschland nicht mehr steuerpflichtig sein würde, denn erstens lebte ich seit Jahren ausschließlich auf Malta und unterhielt später lediglich noch ein kleines Apartment auf Zypern, und zweitens arbeitete ich von Malta aus als freiberufliche Modedesignerin. Die Moderation bei Channel21 in Hannover machte nur einen kleinen Teil dessen aus. Außerdem wurde ich nicht gesondert dafür bezahlt. Was also den deutschen Fiskus beziehungsweise das ehemals zuständige Finanzamt in München anging, hatte ich allen Verpflichtungen Genüge getan und war vom Haken. Nur leider sah ein niedersächsisches Finanzamt es anders. Nämlich jenes, welches für Channel21 verantwortlich zeichnete. Vermutlich im Rahmen einer Buchprüfung werden die Beamten dort auch auf meinen Namen gestoßen sein – so weit, so gut. Ich rate mal weiter ins Blaue hinein, dass die Herrschaften sich als Nächstes gefragt haben, wo denn die liebe Frau Kern nun eigentlich versteuerte und des Weiteren nicht auf dem Laufenden waren, was meine Auswanderung nach Malta betraf. Geht man nach dem gesunden Menschenverstand und setzt eine funktionierende Kommunikation zwischen den deutschen Finanzämtern voraus, wäre die Frage eigentlich schnell geklärt gewesen und ich unbehelligt geblieben. Wie sich aber herausstellen sollte, war dem nicht so. Anscheinend lagen München und Hannover nicht nur geografisch recht weit voneinander entfernt, sondern auch bürokratisch. Na jedenfalls schrieb mich besagtes Finanzamt in Niedersachsen überflüssigerweise zur Adressfeststellung aus, mit ungeheuerlichen Konsequenzen. Doch am besten, ich berichte der Reihe nach, was mir im Einzelnen zugestoßen ist:

In den Medien war ich aufgrund des Ritterschlags gerade omnipräsent, wurde aus diesem Grund von noch mehr Leuten wiedererkannt und auch angesprochen. Ein Phänomen, das mir auch auf deutschen und internationalen Airports begegnete. Der erste Zwischenfall ereignete sich konkret auf dem Flughafen Hannover-Langenhagen, von wo aus ich geschäftlich nach Istanbul fliegen wollte.

Während der Passkontrolle sprach mich ein humorloser Beamter der Bundespolizei an: »Ah, Frau Kern, Sie kennt man ja auch.«

»Ja, bestimmt aus dem Fernsehen«, entgegnete ich freundlich.

»Nein, nein, Sie sind polizeibekannt.«

Daraufhin starrte ich ihn an, als hätte ich mich verhört. »Wie bitte?«

Doch anstelle einer Erklärung sperrte er unter den Augen der hinter mir ausharrenden Passagiere den Schalter und rief für alle gut hörbar Unterstützung wegen einer zur Fahndung ausgeschriebenen Person namens Sarah Kern herbei.

Kurz darauf erschienen vier weitere Uniformierte auf der Szene. »Kommen Sie bitte mit, Frau Kern.«

Mein Name schien gefühlt immer mehr Neugierige anzuziehen. Der Reisepass wurde einbehalten und ich allen Ernstes abgeführt, vorbei am Bildschirm des Passschalters. Und was ich darauf sah, machte mich noch fassungsloser: Polizeifotos meiner Tattoos! Warum gab es die noch immer im System, verdammt!

Der dem zugrunde liegende Vorgang hatte längst Moos angesetzt, denn er stammte aus dem Jahr 2010. Jemand hatte es seinerzeit schlecht mit mir gemeint und mich einer schweren Straftat bezichtigt. Daraufhin war eine Hausdurchsuchung bei mir erfolgt und ich erkennungsdienstlich erfasst worden – mit Fingerabdrücken und eben auch mit Fotos meiner Tattoos. Die Anschuldigungen waren nachweislich aus der Luft gegriffen gewesen und meine Unschuld zeitnah nachgewiesen worden. Somit hätte das erkennungsdienstliche Material zu meiner Person umgehend gelöscht werden müssen, was offensichtlich nie geschehen war.

Kein Wunder, dass der aktuelle Fahndungsbefehl somit die entsprechende Würze erhielt.

Wie auch immer, am Flughafen stellte sich innerhalb von Minuten heraus, dass es sich lediglich um die Feststellung meiner aktuellen Wohnadresse drehte. Als das erledigt war, erhielt ich meinen Pass zurück und erreichte sogar noch den Flieger nach Istanbul.

Für mich hieß es nun noch, unbedingt schnell zu handeln und einen versierten Anwalt für Strafrecht einzuschalten, was ich wenige Tage danach auch getan habe. Tatsächlich wurden meine erkennungsdienstlichen Unterlagen dank juristischer Intervention zeitnah gelöscht. Natürlich ging ich davon aus, dass selbiges auch mit dem aktuellen Fahndungsbefehl geschehen war. Es blieb der sehr fade Beigeschmack, dass man wie ein gemeiner Verbrecher abgeführt und festgesetzt werden konnte, nur weil irgendwelche verpennten Beamten offenbar unfähig waren, Wohnadressen abzugleichen und zu aktualisieren. Und warum die Bundespolizei am Flughafen nicht erst den genauen Grund für einen Fahndungsbefehl abklärte, sondern pauschal derart martialisch zu Werke ging, ist ein weiteres Mysterium, welches sich mir bis heute nicht erschließen will. Denn sobald man mich in einen gesonderten Raum gebracht hatte, war der harmlose Grund für die Suche nach mir durch simples Einloggen im Computersystem ersichtlich gewesen. Ein anschließender Check meines Passes und alles war zur allgemeinen Zufriedenheit geklärt.

Wochen später ereilte mich dasselbe Schicksal auf dem Flughafen in Athen. Damit war klar, der Fahndungsbefehl war nicht nur nicht gelöscht worden, ich wurde sogar international gesucht.

Da mich in Griechenland keine Sau kannte, somit also auch kein Promi- oder besonderer Mitleidsbonus zum Tragen kam, erfolgte der Umgang mit mir ungleich ruppiger als in Deutschland. Von den Uniformierten wurde ich in einen kleinen Raum gestoßen, musste mich auf einen mickrigen Stuhl setzen und durfte mich nicht bewegen. Selbst ein Toilettengang wurde mir verwehrt. Würdeloser ging es nicht. Das Herz schlug mir bis zum Hals. Was würde geschehen, wenn die Griechen den Sachverhalt nicht rafften und mich für eine Terroristin, Attentäterin oder sonst was in der Art hielten? Auf meine Erklärungsversuche legten die Kerle jedenfalls keinen Wert, zumal ich der griechischen Sprache nicht mal ansatzweise mächtig war. Und deren Englisch – mein lieber Scholli! Ich sah mich schon in irgendeinem Knast verschwinden, bei Wasser und Brot mit zugeschissenem Klo und verkeimter Matratze, während meine Kinder und das Kindermädchen zu Hause ratlos auf mich warteten. Wenigstens telefonierte einer der Uniformierten unaufhörlich, mit wem auch immer. Nach einer guten Stunde der Ungewissheit und Angst durfte ich schließlich gehen und war völlig fertig, am Ende meiner Kräfte.

Das Gefühl der Ohnmacht veranlasste mich, wiederum per Anwalt nachdrücklich auf die umgehende Löschung des nichtigen Fahndungsbefehls hinzuwirken.

Einige Monate später saß ich an einem Gate des Flughafens Hannover-Langenhagen.

»Wir suchen Sie!«, rief irgendwer in meiner Nähe.

Als ich aufsah, steuerten gerade drei Bundespolizisten auf meine Position zu. Sofort begann mein Herz zu rasen. Bitte lass die jetzt nicht zu mir kommen, bitte nicht schon wieder, dachte ich nur.

Leider Gottes bauten sich die Vertreter der Staatsmacht direkt vor mir auf. »Frau Kern, Sie haben wir gesucht.«

Der Rest lief ab wie gewohnt: Gaffendes Publikum, in Gewahrsam nehmen, irrelevanter Fahndungsbefehl wegen Feststellung der aktuellen Wohnadresse.

»Leute, Ihr habt meine aktuelle Adresse längst, der Fahndungsbefehl müsste schon lange aus eurem System raus sein, verdammte Scheiße!«

„Müsste", sehr richtig, war er aber nicht. Warum nicht? Das hätte ich auch gerne gewusst. Anscheinend hatte sich bisher keiner der famosen Staatsdiener in Uniform imstande gefühlt, eine überfällige Löschung in die Wege zu leiten. Klar, zu dritt oder gar zu viert eine verängstigte Frau abzuführen war natürlich einfacher.

Was den Topf dann endgültig zum Überkochen gebracht hat, war ein vierter Vorfall in dieser unsäglichen Angelegenheit: Ich war gegen 4 Uhr morgens aufgestanden, noch eine Runde mit dem Hund gegangen, hatte alles mit dem Kindermädchen besprochen. Nun wartete der erste Flug über Frankfurt am Main nach Hannover auf mich. Mit Erreichen des Malta International Airport war ich schon fokussiert auf die erste meiner Verkaufsmoderationen bei Channel21 und blendete alles andere bestmöglich aus. Leichter gesagt, als getan, wenn man im Flieger sitzt und einen die Angst vor stumpfsinnig lauernden Polizisten verfolgt. Dreimal auf beschriebene Weise festgestellt worden zu sein, das hatte Spuren hinterlassen und mich nachhaltig traumatisiert.

Als wir bereits in Frankfurt gelandet waren und die Maschine gerade an die Fluggastbrücke andockte, kam folgende Durchsage: »Sehr verehrte Fluggäste, herzlich willkommen in Frankfurt am Main. Aktuell läuft eine Personenfahndung. Wir möchten Sie deshalb bitten, Ihre Reisepässe bereitzuhalten. Vielen Dank. Die Lufthansa wünscht Ihnen einen angenehmen Aufenthalt …«

In der Passagierkabine schien augenblicklich heiteres Personenraten angesagt zu sein. So ziemlich jeder blickte verstohlen zum Nachbarn und soweit das Auge sehen konnte. Ich wiederum hatte Angst, mir würde das Herz aus der Brust springen. Bestimmt war mein Pulsschlag für alle unübersehbar, bildete ich mir ein. Mein Sitzplatz befand sich irgendwo in der Mitte. Bis ich an der Reihe war, um auszusteigen, verging nach meinem Empfinden eine halbe Ewigkeit.

Ich war gerade im Begriff, die Fluggastbrücke am vorderen Ausgang zu betreten, wo emsige Polizeibeamte Pässe kontrollierten, als es direkt hieß: »Frau Kern, wir suchen Sie, kommen Sie.«

Man nahm mich zur Seite, und postwendend setzte Getuschel hinter, vor und neben mir ein – Frau Kern wieder mal auf dem entwürdigenden Präsentierteller. Und der Aufriss um meine Person war unfassbar: drei uniformierte Polizisten und drei Zivilbeamte. Als hätte Deutschland keine gravierenderen Sicherheitsprobleme und überhaupt keinen bedenklichen Personalnotstand bei der Polizei gehabt. Mir platzte lauthals der Kragen, während ich wieder mal die

Sachlage erklärte. Vor Ort brauchte ja nur jemand ein Foto von mir zu machen und es an die Presse weiterzugeben, um die nächste mediale Hexenjagd gegen die prominente Sarah Kern loszutreten.

Was soll ich euch sagen: Diesmal schienen sich meine Worte nicht gänzlich ungehört ins Nirgendwo zu verabschieden. Einer der Uniformträger hörte aufmerksam zu, reagierte wohlwollend: »Frau Kern, das tut mir leid. Ich werde jetzt persönlich dafür sorgen, dass der Fahndungsbefehl aus dem System gelöscht wird.«

Ich war gerade dabei, meine letzten Kräfte zu mobilisieren und halbwegs gefasst von dannen zu ziehen, als die drei Zivilen übernahmen, welche sich bis dahin im Hintergrund gehalten hatten: »Nee, Frau Kern, Sie müssen noch bleiben. Wir sind von der Drogenfahndung.«

Schon hielt mir der Wortführer seinen Dienstausweis vor die Nase und faselte von Gepäckkontrolle.

Als ich ihn verständnislos anstarrte, legte er nach: »Uns liegt eine Anzeige aus München aus dem Jahr …«

Ein Nervenzusammenbruch stand unmittelbar vor der Tür, das spürte ich ganz deutlich. Was sollte ich noch alles wegstecken? Allein versorgende Mutter, Business rund um die Uhr, schulpflichtiger minderjähriger Sohn, erwachsener Sohn mit individuellen Bedürfnissen, Haushalt, Tiere, dann der bekloppte Fahndungsbefehl und jetzt noch das?! Vielleicht holten mich gerade alte Dämonen wieder ein und mein falscher Umgang in früheren Zeiten ließ grüßen. Tatsache war, während meiner letzten Jahre in Grünwald hatte ein Drogendealer im Verhör meinen prominenten Namen mit Drogengeschäften in Verbindung gebracht.

Völliger Bullshit, ich hatte mit diesem Milieu nie etwas zu tun gehabt, was im Rahmen eines Verfahrens dann auch zügig ans Licht gekommen war – keine Gerichtsverhandlung, Verfahren gegen mich eingestellt, frei von jeder Schuld. Der schräge Vogel hatte wie es aussah verzweifelt versucht, ein geringeres Strafmaß für sich herauszuschlagen. Wer weiß, wen aus der Münchner Schickeria er sonst noch aus dem Hut gezaubert hatte. Jedenfalls ist dieser „31er", um gleich im Knast-Jargon zu bleiben, zweifellos schweren Zeiten entgegengegangen. Denunzianten und Verräter sind im Gefängnis nämlich gar nicht gern gesehen. Nein, zu „snitchen" war keine gute Idee gewesen.

»Bitte, was soll das? Ich war seit Jahren nicht mehr in München. Ich lebe auf Malta. Das kann gar nicht sein.«

»Wir müssen der Anzeige nachgehen. Bitte öffnen Sie ihre Handtasche und den Koffer.«

Inzwischen hatten alle übrigen Passagiere das Flugzeug über die Fluggastbrücke verlassen. Das machte die intensive Gepäckkontrolle vor den Augen der sechs Beamten plus Leibesvisitation aber keinen Deut besser, denn der nächste Schwung Passagiere wartete ungeduldig und neugierig zugleich darauf, die Maschine besteigen zu dürfen. Praktisch jedes Gepäckteil von Unterwäsche bis Zahnbürste ging publikumswirksam durch fremde Männerhände.

»Drogenfahndung – Leute, ich bin bestimmt kein Kind von Traurigkeit. Wir haben alle mal gefeiert, natürlich, ich komme aus der Modelszene. Aber ich habe mit Drogen null am Hut. Durchsucht, wenn Ihr müsst, meinetwegen macht auch einen Urin- und Bluttest. Aber dann ist endgültig Schluss, es reicht. Was soll ich denn noch alles ertragen?!«

Als nichts zu finden war, hieß es nur lapidar: »Ja, gut, das war's. Gute Weiterreise nach Hannover, Frau Kern.«

Ja, schönen Dank auch, ich musste ja nur noch meinen ganzen durchwühlten Krempel zusammenpacken und mich an der Horde schaulustiger Gaffer vorbeiquälen. Bis in eine stille Ecke unweit der Toilettenräume schaffte ich es noch, bevor alles aus mir herausbrach. Ich sackte auf den Boden, begann zu zittern und bitterlich zu weinen, während mein Adrenalinpegel nur im Schneckentempo zurück Richtung normal ging. In meiner Verzweiflung rief ich sogar meine Heilpraktikerin Anett an, die mich bei Bedarf auch aus der Ferne begleitete. Mir fiel es schwer zu atmen und es war mir, als würden Messerstiche in Magengrube und Solarplexus eindringen. Ans Aufstehen und Gehen war gar nicht zu denken. Alles in allem fühlte ich mich seelisch vergewaltigt und manipuliert. Unter Anetts Anleitung machte ich Atemübungen und klopfte mir unters Schlüsselbein. Dank des Zuspruchs beruhigte ich mich so weit, dass ich den Weiterflug nach Hannover ausreichend wiederhergestellt schaffte.

Was die Drogenfahnder mit ihrer verstaubten Anzeige anging, so blieb das für mich nebulös. Hatte schon wieder irgendein kleiner Galgenstrick mit prominenten Namen um sich geworfen? Egal, diesem Blödsinn konnte ich jetzt nicht auch noch auf den Grund gehen. Mein Nervenkostüm hing auch so schon in Fetzen.

Zu meinen diversen Verbindlichkeiten infolge der Insolvenz gesellte sich mittlerweile auch eine Forderung auf Rückzahlung von Kindergeld. Dazu muss ich etwas ausholen: Vor der Benennung eines Insolvenzverwalters hatte man mir im Rahmen einer Insolvenzberatung erklärt, dass ich Anspruch auf dieses Geld hätte, solange ich in Deutschland versteuern würde. Während meiner Jahre der Insolvenz nach deutschem Recht war exakt das der Fall gewesen, auch wenn sich mein Wohnsitz auf Malta befand. Ja, Pustekuchen, dem war dann von jetzt auf gleich nicht mehr so, und man verklagte mich von Behördenseite auf Rückzahlung für den Insolvenzzeitraum auf Malta. Ich schwankte zwischen Wut und Enttäuschung hin und her. Nachdem ich über viele Jahre Unsummen an den deutschen Staat abgeführt hatte, wollten die mich also auch auf dem Weg wie eine Zitrone ausquetschen. Und das, wo gleichzeitig Menschen großzügig Kindergeld kassierten, die in Deutschland nie steuerpflichtig gearbeitet hatten. Zu allem Überfluss wurde ich auch noch schuldig gesprochen, Kindergeld gegen besseren Wissens bezogen zu haben. Aus einer Summe von um die 8.000 Euro wurden deshalb um die 20.000 Euro.

Die Wochen und Monate vergingen. Metaphorisch gesprochen fühlte ich mich wie ein Dreimaster in der berühmten Seeschlacht von Trafalgar, der einen schweren Treffer nach dem anderen mit immer neuen Wassereinbrüchen hinnehmen musste und deutlich an Kampfkraft verlor. Nur eine Frage der Zeit, bis selbst das stärkste Flaggschiff unter solchen Bedingungen dem Untergang geweiht war. In meinem Fall verhielt es sich konkret so, dass die ansonsten tadellose Fitness litt. Kraftlosigkeit bis hin zu Kurzatmigkeit machte sich breit.

Präventiv bewarb ich mich bei anderen führenden Teleshopping-Sendern, um einen finanziellen Ruin frühzeitig abzuwenden – erfolglos. Diese hatten ihre verfügbare Sendezeit mittelfristig bereits mit verschiedenen Produktformaten verplant. Lukratives rund um die Marke „Sarah Kern“ wäre frühestens Ende des Jahres 2026 möglich gewesen.

Und wie schon im letzten Kapitel ausgeführt, eine echte Lösung stellte das Teleshopping-Konzept ohnehin nicht mehr dar, schon gar nicht im Bereich Mode und Schmuck. Seit der Pandemie wandten sich die Konsumenten verstärkt anderen Vertriebskanälen zu, und dieser Trend war ungebrochen.

Es kam der schicksalhafte Morgen, als ich wie gewohnt zum Schminken und Hairstyling in der Maske saß. Am Vormittag sollte ich meine erste Live-Moderation absolvieren. Auf einmal wurden meine Füße nass und kalt, die Hände kribbelig. Der Kreislauf sackte in den Keller und ich hyperventilierte.

»Ich fühl mich nicht gut. Ich glaub, ich werd ohnmächtig.«

Stattdessen begann ich zwanghaft zu weinen, konnte gar nicht mehr aufhören.

»Ich brauch eine Ambulanz, holt eine Ambulanz, ich kann nicht on Air gehen! Ich kann nicht mehr!«

Anstelle der klassischen Ambulanz erschienen Feuerwehrleute. Gemeinsam mit meiner langjährigen, besten Freundin Bianca – zufällig gerade zu Besuch – brachten die mich aus dem Studio, während meine Co-Moderatorin die Verkaufssendung alleine stemmen musste. Nach der Erstversorgung am Feuerwehrfahrzeug traf auch der Rettungswagen ein.

»Ich kann nicht so gut gucken, und die Knie sind weich. Ich kann nicht mehr gehen«, teilte ich dem Sanitäter verzweifelt mit und rang noch immer nach Luft.

»Verdacht auf Schlaganfall«, erfolgte eine erste sachliche Einschätzung der Symptome.

Ich landete direkt in einer Fachabteilung für Schlaganfall-Patienten.

Für mich sehr überraschend, nahmen belegte Betten den gesamten Platz ein, auch den links und rechts auf dem Etagenflur.

Ich dachte noch so bei mir: Okay, die Corona-Impfungen fordern ihren Tribut ein. Anscheinend nicht ganz abwegig, denn aus den Reihen des Personals hieß es, so voll wie in diesen Zeiten sei die Abteilung noch nie gewesen. Wie auch immer, ich schaffte es mit letzter Kraft, meinen großen Bruder anzurufen. Ihn bat ich darum, unbedingt Ruhe zu bewahren und die Situation meinen Söhnen und sonstigen wichtigen Personen mitzuteilen.

In dem mir zugewiesenen Zimmer hing ich für drei Tage an verschiedenen Apparaturen. Mein Zustand hatte sich insofern noch verschlechtert, als ich keine normalen, vollständigen Sätze mehr bilden konnte. Über Instagram erklärte ich meinen Followern nur knapp, dass ich mit Verdacht auf Mini-Stroke im Krankenhaus lag und einige Tage nichts von mir hören lassen würde. Diese Verlautbarung wurde prompt von der Presse aufgegriffen. „Spiegel“, „Focus online“, „dpa“ – um nur einige zu nennen – präsentierten es der breiten Öffentlichkeit.

Nach CT, MRT, EKG und weiß der Himmel, was sonst noch alles, sagte der zuständige Arzt an einem Montag zu mir: »Wir verlegen Sie, Frau Kern. Sie hatten keinen Schlaganfall, alles ist wunderbar.«

Dazu lobte er den exzellenten Zustand meiner Gefäße und Organe, wie gut ich insgesamt beieinander wäre, was er angesichts meines Alters von Mitte 50 kaum glauben könne.

Mir kam das alles absurd vor. Nicht umsonst musste eine Logopädin mit mir Sprechübungen machen, wurde ich im Rollstuhl zur Toilette gefahren, war mein Sehvermögen eingeschränkt.

»Ja, um Gottes Willen, was hab ich denn dann?«

»Sie haben Schwindel.«

Es war einer dieser Momente, in denen man sich einfach nur verarscht vorkommt. »Schwindel – nee, dann entlasse ich mich jetzt hiermit. Ich muss nach Hause zu meinen Kindern.«

Zum Glück sprang mir mein Bruder Lars helfend zur Seite. Er fuhr mich mit dem Auto von Hannover nach Frankfurt und organisierte am Airport einen Rollstuhlservice, der mich bis zur Maschine mit Ziel Malta begleiten sollte. Zunächst ging auch alles gut. Ich verabschiedete mich von Lars, und die Serviceleute brachten mich bis zum Übergabepunkt, von wo aus das Lufthansa-Personal übernehmen sollte. Dummerweise wurde ich von denen vergessen. Diese Ohnmacht, nicht aufstehen zu können und deshalb auf andere angewiesen zu sein, die sich nicht blicken lassen – schrecklich! Es folgte der Klassiker: Ich musste dringend auf die Toilette! Natürlich versuchte ich mich zusammenzureißen und aus eigener Kraft aufzustehen. Aber meine Knie waren weich wie mit Götterspeise gefüllt. Ich fühlte mich wie eine …, nein, ich war eine Gehbehinderte, beherrscht von der panischen Angst, vielleicht nie wieder richtig laufen zu können. Ein überaus netter Polizist nahte, der sich meiner bereitwillig annahm und mich in meinem Rollstuhl bis in die Behindertentoilette schob. Anschließend informierte er die Lufthansa, deren Personal den benötigten Transportservice vollendete. Im Rollstuhl sitzend wurde ich mit einem Hubfahrzeug bis zur Passagierkabine hochgehievt. Auf Malta angekommen lief dann alles wie am Schnürchen.

Der Sender gab mir gerade mal drei Wochen Zeit, um zu genesen. Ein Haus zur Miete plus Strom und Essen, Schulden, keine Rücklagen, unfähig zu Krauchen und ein Sprechvermögen zum Davonlaufen – ich war am Arsch. Aber irgendwo musste ich ja anfangen, und das war der Haushalt im Sitzen. Ja, wirklich, Treppenstufen auf dem Hintern erklimmen und retour, beim Sortieren auf den Wäscheberg hoch sehen anstatt von oben darauf herab, mehr oder weniger robbend die Fußböden wischen – mühsam ernährt sich das Eichhörnchen. Tatsächlich wurde Schwindel, auch als Vertigo bezeichnet, mein größter Feind, was ich vor allem beim Beintraining im Stehen zu spüren bekam. Meine Heilpraktikerin Anett empfahl, ich solle mich kontrolliert hin und her werfen, damit die verschobenen Kristalle im Ohr – ein typisches Symptom für enormen Stress – nach und nach wieder ihre ursprüngliche Position einnehmen konnten. Zwar hatte ich auch nach zwei Wochen noch mit Schwindel zu kämpfen, aber wenigstens war ich im Stande, wieder einige Schritte selbständig zu gehen. Eine Physiotherapeutin half mir außerdem dabei, meine mittlerweile chronischen Verspannungen und Verkrampfungen gezielt anzugehen. Das Wichtigste: Der Tiefpunkt war überwunden, nachdem meine Seele einen Zusammenbruch erlitten und den Überlebensmodus aktiviert hatte, in dessen Folge verschiedene meiner Körperfunktionen heruntergefahren worden waren.

Wie der moderne Mensch nun mal tickt, hätte ich niemals freiwillig beziehungsweise in weiser Voraussicht einige Gänge zurückgeschaltet, so viel ist mal sicher. Und wer weiß, ohne meine bockige Seele hätte mir der massive Alltagsstress in absehbarer Zeit vielleicht wirklich einen Schlaganfall beschert.

In der dritten verbliebenen Woche zog ich mich weitestgehend in mich selber zurück, schöpfte Ruhe und Frieden aus der Natur, hörte mir sogenannte Heilfrequenzen wie Vogelgesang oder Meeresrauschen an. Ich wagte mich an kleine Spaziergänge, auch jetzt noch mit regelmäßigen Schwindelattacken, vor allem beim Blick in die Ferne. Zum vorgegebenen Termin wagte ich dann die Geschäftsreise nach Hannover, gestützt auf meinen Rollkoffer und einen Spazierstock, um als Moderatorin meine Frau zu stehen. Fortan trug ich keine Schuhe mit hohen Absätzen mehr, um bloß jedem Schwindel und jeder Gleichgewichtsstörung zu entgehen. Brave flache Schuhe anstelle der gewohnt geilen „Mörder"-High Heels – ein erster Schritt, um mich wieder mal neu zu erfinden.

Und ich hatte noch etwas Entscheidendes dazugelernt: In meinem Leben musste es wieder um Glücksempfinden gehen, das ich auf dem Altar des Erfolgs, des Durstes nach Anerkennung und der Geldsorgen geopfert hatte.

Dauerhaft als Getriebene, das hatte ich mir schon viel zu lange angetan.

Im Herbst 2023 sah es geschäftlich so aus, dass ich in der Zusammenarbeit mit Channel21 bei etwa einem Drittel des Umsatzes stand, der mir im Vorfeld prognostiziert worden war. Ich blutete finanziell immer weiter aus. Der einzige Ausweg bestand darin, mich wieder einem großen Fernsehpublikum in gefragten Unterhaltungsformaten anzudienen. Meinen diesbezüglichen Promistatus in Deutschland hatte ich mit der Auswanderung nach Malta ja mehr oder weniger in die Abstellkammer gehängt. Irgendwelche Talkshows würden meinen zu betreibenden Motor zwar nicht am Laufen halten, dafür aber ausgewählte Reality-TV-Formate. Über mein Management brachte ich gezielt Bewerbungen auf den Weg. Noch zu rosigen HSE24-Zeiten war ich für das „Dschungelcamp" angefragt worden und hatte entschieden abgelehnt. Die zelebrierte Würdelosigkeit beim Rummachen an irgendeinem Stierhoden oder Saufen von ranzigem Fischsud hatte mich empört. Kotzend einem belustigten Millionenpublikum vorgeführt zu werden – nein danke! Außerdem war ich davon ausgegangen, dass ein derart geschmackloser Auftritt meiner Marke geschadet hätte. Alles schön und gut, aber aktuell konnte ich mir den Luxus solcher Vorbehalte nicht leisten. Tadellose Haltungsnoten alleine sorgten nicht für Essen auf dem Tisch oder ein Dach über dem Kopf.

Das Glück sollte mich gleich zweifach anstrahlen. Zunächst erhielt ich den Zuschlag für die 17. Staffel von „Ich bin ein Star – Holt mich hier raus!" auf dem Privatsender RTL. Am 19. Januar 2024 würde es in Australien mit dem „Dschungel" losgehen. Aufgrund einer Kooperation zwischen dem Produktionsunternehmen und dem Herrenmagazin „Playboy“ war man bei diesem frühzeitig im Bilde, welche weiblichen Kandidaten an der „Dschungel“-Staffel teilnehmen würden. Die Wahl für Titelbild und -story einschließlich Fotostrecke fiel auf mich, die 55-jährige Modedesignerin Sarah Kern. Die Chance, erstmalig eine ‚Dame of Magistral Grace‘ als Aufmacher zu inszenieren, war ein starkes Argument. Klar, dass auch ich mich nicht lange bitten ließ, nachdem ich bereits in einer Ausgabe des Jahres 2000 verewigt war – ohne Titelbild! Das hochprofessionelle, ungezwungene Fotoshooting in paradiesischer Atmosphäre fand im Winter 2023 auf einer spanischen Insel statt und begeisterte mich komplett. Die anspruchsvoll sinnlichen Fotos waren eine Sensation. Im Nachgang zollte mir das „Playboy“-Team noch viel Respekt dafür, dass es an meinem Körper auf den Originalaufnahmen so gut wie nichts zu beanstanden gab – selbst bei deutlich jüngeren Frauen eher selten. Ich repräsentierte einen modernen Typus Ü50-Frau, der sich durch natürliche Attraktivität – ohne Daisy-Duck-Lippen oder Botox – auszeichnete, sich pflegte und gesund ernährte. Das kam bei Männern wie Frauen nach Erscheinen des Magazins ziemlich gut an. Letztere dankten mir ausdrücklich dafür, ihre Altersgruppe so charmant, galant, sexy, stark und selbstbewusst zu repräsentieren. Der Vollständigkeit halber möchte ich aber noch einige Sätze über meine auffallend großen Brüste verlieren, die ich schon seit längerem als überflüssige Torheit betrachte:

Es war in der Zeit meines Architektenhauses in Grünwald, der letzten Station in Deutschland, als ich kurzzeitig mit einem Ex-Basketballprofi liiert war. Ein junger Typ, lebensfroh und attraktiv. Liebe war es nicht, aber bei ihm fühlte ich mich rundherum wohl und begehrt. Er brachte mich zum Lachen, wir kochten zusammen – eine schöne Zeit eben.

Auch sexuell kam ich voll auf meine Kosten. Einziger Wermutstropfen, wie sich herausstellen sollte: Der Gute war Playmates mit getunten 600er Riesentitten gewohnt. Ich hingegen glänzte mit schönen Naturbrüsten, die große Männerhände füllten und bei anderen stets für Begehren gesorgt hatten.

Ich erlebte eine Sexnummer der unterirdischen Sorte, als ich auf ihm saß, ohne dass er mich leidenschaftlich herlederte oder lustvoll führte. Noch während ich den erforderlichen Groove für sexuelle Höhenflüge vermisste, fasste mir der Kerl an die Titten und begann zu lachen, mich wegen meiner Brüste auszulachen.

Ein Panther im Bett zur Lachnummer degradiert – der Akt hatte sich augenblicklich erledigt. Und mehr noch, es erschütterte mein bisher robustes Selbstwertgefühl. Der Mann war mir egal, ich liebte ihn nicht, aber mit Ende 40 und womöglich schon an der Pforte zur Menopause machte es etwas mit mir. Mit der anschließenden Brustvergrößerung habe ich seinerzeit eine Entscheidung getroffen, die falscher nicht hätte sein können. Ich hätte meinen Fehler schon längst rückgängig gemacht, wäre meine Angst vor Vollnarkose und Komplikationen nicht so groß. Aber die Vorstellung, dass mich eines fernen Tages neben Gebeinen noch zwei idiotische 400er Silikonkissen im Grab überleben, ist so gar nicht mein Humor.

Noch vor Ankunft im „Dschungel", nämlich auf dem Flughafen Frankfurt, erhielt ich ein frisch gedrucktes Exemplar der neuesten „Playboy"-Ausgabe.

Nach Australien flog ich Businessclass in Begleitung meiner Freundin Eva, die wie ich auf Malta lebt. Man ließ sich nicht lumpen, wirklich toll.

Auch oder gerade am Zielort wurde der „Playboy" thematisiert. Das Moderatorengespann Sonja Zietlow und Jan Köppen hielt ein aktuelles Exemplar in Händen, und vor allem sie drückte ihren Respekt aus, was ich doch für einen tollen Körper hätte.

Auch sonst entwickelte sich das Showformat für mich nicht rufschädigend. Konnte es auch deshalb nicht, weil ich als zweite Teilnehmerin bereits am neunten Tag per Zuschauervoting rausgewählt wurde. Auch für mich als ausgewachsene Klaustrophobikerin wäre es mit jedem weiteren Tag sicher nicht eben würdevoller geworden. Schlafentzug, latente Nahrungsmittelknappheit, so gut wie keine Hygiene und Extremsituationen am laufenden Band, was gegenseitige Aggressionen zwangsläufig provozierte. Das Ganze noch weitab jeder Zivilisation und ohne Kommunikationsmöglichkeit nach draußen – so sah das Rezept für einen perfekten Lagerkoller aus. Und man beachte die bevorzugte Zusammenstellung des Casts in solchen Reality-TV-Formaten: gerne auch Borderliner, Narzissten und Intriganten. Da empfand ich das Abhängen im Hotel nach nur neun Tagen definitiv als Hauptgewinn. Eine erwähnenswerte Blöße hatte ich mir so weit nicht gegeben und durchaus auch abgeliefert, was zum Teil leider dem Schnitt zum Opfer gefallen ist. Vor allem, dass ich meine Klaustrophobie durch Meditation im Zaum gehalten habe, erfüllte mich im Nachhinein mit Stolz.

Wenige Monate später wurde die 9. Staffel von „Das Sommerhaus der Stars – Kampf der Promipaare“ für eine zeitversetzte Ausstrahlung ab 17. September 2024 auf RTL aufgezeichnet. Mit meinem Partner zu der Zeit unterhielt ich durchgehend eine Fernbeziehung Malta–Deutschland, was an sich schon eine Herausforderung darstellte. Aber erst als gemeinsame Teilnehmer im „Sommerhaus der Stars“ wurde mir voll bewusst, dass sich die erhoffte Harmonie zwischen uns nie einstellen würde. Ich empfand einfach keine tiefe Liebe für ihn, konnte nicht voll in unserer Zweisamkeit aufgehen. Wäre das der Fall gewesen, unsere Unterschiede hätten keine Rolle gespielt: Ich ein alter TV-Hase und er nicht, er ein passionierter Jäger aber ich Tierschützerin – um nur einiges zu nennen. Also geschah, was geschehen musste: Wir waren als Team raus nach Folge drei, und außerdem trennte ich mich von ihm. Alles kein Beinbruch, denn viel entscheidender war und ist, dass wir noch immer ein freundschaftliches Verhältnis pflegen – ein besonders wertvolles Gut in diesen Zeiten.

In einem ersten Show-Interview wurde ich gefragt, aus welchem Grund ich in den „Dschungel“ gehen würde, ich hätte es doch nie machen wollen. »Ich mach's wegen der Kohle«, war meine ehrliche Antwort in die Kamera, was für Verblüffung sorgte, weil nur wenige Prominente das bisher so offen ausgesprochen hatten. - Leute, wer behauptet, er würde sich dem Just for Fun oder Adventure aussetzen, sorry, in meinen Augen lügt so jemand. Eine längere berufliche Durststrecke, Steuerschulden, Schicksalsschläge oder eine Suchtkrankheit mit drastischen finanziellen Folgen – das sind doch in der Regel die Antriebsfedern für namhafte Prominente. - Nichtsdestotrotz habe ich mir immer sehr genau überlegt, welche Formate für mich annehmbar sind. Daran hat sich bis heute nichts geändert. Es gibt persönliche Schamgrenzen und Tabus – ganz klar. Das „Dschungelcamp" und „Sommerhaus der Stars" konnte ich vor mir verantworten. Und ich sollte recht behalten. Dank meiner langjährigen TV-Erfahrung war ich in der Lage, meine Sendezeit weitestgehend zu meinen Gunsten zu gestalten. Auch von RTL und den begleitenden Medien fühlte ich mich gut und fair behandelt.

Als ich auf Instagram für meine Teilnahme pikiert bis empört kritisiert wurde – schließlich sei ich ja eine gestandene Modedesignerin mit Klasse –, fiel meine Antwort sehr direkt aus: »Haben Sie ein Kind, und sind Sie alleinversorgend? Sind Sie selbständig, ohne Aussicht auf Rente? Ich denke nicht, sonst würden Sie so nicht reden.«

Man sollte die Kirche wirklich im Dorf lassen. Ich meine, worüber reden wir hier? Solche Reality-TV-Formate sind natürlich keine therapeutischen Sitzungen zwischen Patient und sensiblem Seelenklempner. Dabei handelt es sich auch nicht um hochintellektuelle Arbeitskreise zur Förderung eines harmonischen Miteinanders bei Yogi-Tee und Streicheleinheiten. Das Publikum vor dem Bildschirm soll vor allem eines: kurzweilig vom eigenen Alltagsstress abgelenkt werden, durch spannende oder befremdliche Situationen, teils wüste Streitereien und schräge Befindlichkeiten. Was soll's, auch das ist Entertainment. Es darf mitgefiebert, mitgelacht und mitgeweint werden. Wer es nicht mag, braucht nicht einzuschalten. So einfach ist das. Und last but not least bot sich mir auf dem Weg eine tolle Möglichkeit, um ein neues, jüngeres Zielpublikum für die hippen Kollektionen meiner Marke „Sarah Kern“ zu interessieren. Durch die Auswanderung nach Malta kannte mich ein Großteil der jungen Leute ja überhaupt nicht.

Ob nun als Moderatorin, die ihre eigenen Mode- und Schmuckkollektionen im Bereich Homeshopping unterhaltsam mit Anekdoten und Späßen garnierte, oder als Kandidatin im Reality-TV wie oben beschrieben: In beiden Fällen agierte ich als Unterhaltungskünstlerin, hielt ein Publikum mit meiner Persönlichkeit bei Laune. Beide Jobs waren gleichermaßen kräftezehrend und authentisch. Ich gehe sogar so weit, dass sechs Stunden am Tag live im Homeshopping-Studio zu performen – wenige Jahre zuvor sogar bis zu neun Stunden, was mittlerweile verboten ist – genauso das Prädikat „Reality-TV“ verdient. Auch dort war es unmöglich, alle persönlichen Sorgen und Nöte bei einem Pförtner abzugeben oder eben mal wegzuschminken. Was immer ich vor der Kamera tat oder sagte, es ging noch im selben Augenblick live.

Noch während ich ins „Sommerhaus der Stars“ einzog, wurde mir von meinem Homeshopping-Partner mit 8-Wochenfrist mitgeteilt, dass man die Unternehmenssparten Mode und Schmuck aus kaufmännischen Erwägungen zum Sommer 2024 komplett würde einstellen müssen. Nach annähernd einem Vierteljahrhundert Vollblut-Homeshopping inmitten der menschlich tollen und hochprofessionellen Teams von HSE24 und Channel21, war es für die emotionale Sarah in mir eine bittere Nachricht, während die nüchterne Geschäftsfrau in mir schon längst die dringende Notwendigkeit sah, die Flügel auszubreiten und sich neu zu erfinden.

Das zehnte Leben der Sarah Kern: Auf zu neuen Ufern

Der Spätsommer 2024 erschien mir nahezu hoffnungslos. Meine Einkünfte aus Reality-TV und der Zusammenarbeit mit dem „Playboy“ hatten vor allem finanzielle Löcher gestopft und verhinderten derzeit noch, dass ich mein derzeitiges Haus zur Miete aufgeben musste. Auf Malta war man mit einem Rausschmiss schnell bei der Hand, wenn die Mietzahlungen ausblieben. Der Kragen wurde mir enger als eng.

Aber nicht nur mir, wenn man den dramatischen wirtschaftlichen Abschwung Deutschlands mit einem Geschmäckle von Deindustrialisierung betrachtete. Unternehmensinsolvenzen, schließende Kaufhäuser und Entlassungen in einem Ausmaß, wie man es sich noch wenige Jahre vor der Pandemie kaum hätte vorstellen können. Wiederbelebung und Aufschwung nach Corona – Fehlanzeige! Kein Wunder, dass ein Millionenheer sinnfreie TV-Shows konsumierte, um sich wenigstens stundenweise von den Hiobsbotschaften der realen Welt zu verabschieden. Ein Polittheater zwischen Dekadenz und Inkompetenz, ebenso gierige wie unfähige Konzernvorstände sowie ausufernde Kriege und Konflikte auf internationalem Parkett – besten Dank auch!

Doch zurück zu meiner Situation: Zu der Tatsache, dass die Zusammenarbeit mit Channel21 zum Sommer aufgekündigt worden war und ich keine neuen Kollektionen am Start oder in Vorbereitung hatte, gesellte sich noch, dass ich nicht mehr über meine Marke „Sarah Kern" verfügen konnte. Zum möglichst schnellen Abhaken der Insolvenz hatte mir der Sender die dafür erforderlichen Geldmittel vorgestreckt, was ich den Entscheidern seinerzeit hoch angerechnet habe, es im Nachhinein aber als unnötigen Fehler meinerseits betrachte. Gemäß der prognostizierten Verkaufszahlen wäre die vereinbarte Rückzahlung in Raten aus meinem Gewinn eigentlich keine große Sache gewesen. Nur leider sind die Prognosen des Senders dann bei weitem hinter den Realitäten zurückgeblieben. Das Einstampfen der kompletten Mode- und Schmucksparte hat mir dann endgültig die Chance genommen, meine beim Sender geparkte Marke auszulösen.

Eine absurde Situation: Ohne aktive Nutzung meiner Marke und somit ohne neue Kollektionen konnte ich auch keine Umsätze generieren, aus denen ich die offenen Darlehensverbindlichkeiten hätte bedienen können.

Es war Ende August 2024 und seit mehreren Monaten kein Homeshopping-Geld mehr geflossen – einbehalten wegen des Insolvenz-Darlehens. Ich stand im wahrsten Sinne des Wortes vor dem Nichts und ging bereits aktiv auf die Suche nach einer bezahlbaren Mietwohnung anstelle des ungleich größeren Hauses, wurde sogar fündig. Aber selbst ein vergleichsweise geringer Mietzins wollte mit harter Währung bezahlt sein und nicht mit Muscheln vom Strand. Und schon wieder umziehen – umpflanzen eines alten Baumes und so – war eine niederschmetternde Vorstellung nach erster gelebter Stabilität im Zuge der überstandenen Insolvenz. Außerdem hielt mich noch etwas anderes von einer Kündigung ab: ein unbestimmtes Gefühl nämlich. Und das am permanenten Rande der nächsten Panikattacke, sogar während der Arbeitsgespräche mit meinem Co-Autor zu dieser Biografie. Geldsorgen und Existenzängste brachten auch latente Schlaflosigkeit mit sich, was Seele und Körper zusätzlich auffraß – jeden Tag mehr. Mittlerweile schaute ich sogar gezielt krasse Horrormovies und True-Crime-Serien, um mich wenigstens mit der Vorstellung zu trösten, andere Leute würde das Leben noch gnadenloser heimsuchen.

Dass die Marke „Sarah Kern“ als Sicherheitspfand voraussichtlich noch über etliche Monate klinisch tot sein würde, stand auch einer Zusammenarbeit mit anderen interessierten Partnern im Weg. Niemand wollte Geld in die Hand nehmen, um diese auszulösen oder aufwendig eine neue Marke mit mir als Zugpferd zu etablieren. Vor meinem geistigen Auge sah ich mich schon auf einer Stab-Tarotkarte, gefesselt an Metallstäben, zur Bewegungslosigkeit verdammt. Ich wollte meine Freiheit zurück, raus aus dem irrwitzigen Hamsterrad ohne Ausweg, wollte diese verdammten Stäbe auskotzen.

Unter anhaltendem Leidensdruck und nach mehreren Instagram-Postings, in denen ich die Marke „Sarah Kern“ mit Aussicht auf Beteiligung oder Kauf erfolglos angeboten hatte, postete ich einen finalen Shoutout. Ohne einen Hehl aus meiner geschäftlichen Misere und den ausbleibenden Investoren zu machen, erklärte ich, dass ich nunmehr aufgeben würde, der Kampf verloren sei und die Marke „Sarah Kern“ somit tot und begraben. Für geringfügig mehr als den Auslösebetrag wäre ich sogar bereit gewesen, die Markenrechte an meiner nachweislich bekannten und über viele Jahre überaus erfolgreichen Marke abzutreten. Ob

Bekleidung, Bettwäsche, Handtücher oder Schmuck, überall und immer wieder hatte ich mit meinen Kollektionen zu überzeugen gewusst. Mein finaler Hilferuf gab auch das wieder.

Wenn man mal darüber nachdenkt, welche vergleichbaren Modedesignerinnen es in Deutschland gibt, vor allem hinsichtlich Bekanntheits- und Beliebtheitsgrad, fallen mir jedenfalls nur zwei ein: Jil Sander und Jette Joop. So viel zum Wert meiner Marke.

Abschließend noch einige Anmerkungen zu Channel21: Ich habe die Zusammenarbeit in allen Aspekten geliebt – die Entstehung der Kollektionen, das gemeinsame Arbeiten hinter und jede einzelne Live-Stunde vor der Kamera. Ich habe wertvolle Freundschaften geschlossen, die bis heute Bestand haben. Danke der Channel21-Familie für eine unvergessliche Zeit.

Dieses Kapitel heißt aus gutem Grund „Auf zu neuen Ufern". Die dringende Notwendigkeit, neue geschäftliche Ufer für mich zu entdecken, dürfte jedem einleuchten. Doch in meinem Fall kam es der Quadratur des Kreises gleich. War es möglich, meinen Namen Sarah Kern wie eine Marke öffentlich in Szene zu setzen, ohne auf die Marke „Sarah Kern" zurückgreifen zu müssen? Oh ja, weil ich nun mal Sarah Kern heiße!

Im Frühjahr 2025 wird eine Taschenkollektion in Kooperation mit mir als Designerin das Licht der Welt erblickt haben – auf einer einschlägigen Fachmesse. Wie kam es dazu? Nun, ein sehr sympathisches Ehepaar verfolgt bereits seit Jahren regelmäßig mein Instagram-Format

„Gassen-Gruß“, in dem ich ja über dieses und jenes und solches spreche. Beide waren früher erfolgreiche Textilgroß-händler sowie für namhafte Miss-Wahlen tätig gewesen, haben dann irgendwann „Miss1Germany“ ins Leben gerufen, für bundesweite Miss-Wahlen der besonderen Art. Selbstverständlich stehen dabei unverändert Schönheit, Persönlichkeit und Fairness im Fokus, darüber hinaus wird von den Teilnehmerinnen aber auch ein großes Engagement für Mensch, Tier und Natur erwartet. Und mich, Sarah Kern, betrachteten beide als ideale Partnerin und Persönlichkeit. Ich war ja selbst etliche Jahre Topmodel gewesen, hatte schon zur Wahl der „Miss World“ für Malta in der Jury gesessen, engagierte mich für Frauenrechte und im Tierschutz und war zudem gestandene Modedesignerin – dabei immer empathisch und den Menschen zugewandt. Das besagte Ehepaar bekundete großes Interesse an einer Zusammenarbeit. Völlig problemlos konnten wir uns auf die Rahmenbedingungen verständigen. Ich war so begeistert von der neuen Herausforderung, dass ich mich sofort ans Werk gemacht habe. Die Taschenkollektion, von mir entworfen und von einem versierten Taschenhersteller in NRW umgesetzt, soll nur der Auftakt zu weiteren Modekollektionen sein, für die ich kein eigenes Geld zu investieren brauche – vermarktet unter dem Lable „Miss1 by Sarah Kern“. Diese werden zu gegebener Zeit online und in ausgewählten Ladengeschäften erhältlich sein. Darüber hinaus werde ich auch in den „Miss1Germany“-Jurys in Städten wie Berlin, München oder Köln sitzen. Es ist natürlich ganz toll, wenn mein Name damit wieder mehr ins Rampenlicht für Mode und Fashion rückt. Um so mehr, als ich den Leitgedanken „To be a better person" mit Herzblut promoten werde. Denn was könnte es Wichtigeres geben, als unsere gemeinsame Welt ein bisschen besser zu machen.

Ich hatte händeringend einen Lichtblick herbeigesehnt, einen Silberstreif am Horizont. Hier war er nun – und was für einer!

Den September 2024 verbrachte ich auf Zypern. Dort unterhalte ich ein kleines Apartment in der malerischen Hafenstadt Larnaka, das mir sehr gute Dienste leistet, wenn ich von allem Abstand gewinnen und mir über meine nächsten Schritte klar werden muss. Und auf Dauer merkt man eben doch, dass Malta eine kleine, beengte Insel ist. Ab und an die Seele auf Zypern baumeln zu lassen, wirkt auf mich Horizont erweiternd und Kraft spendend.

Von Anfang an konnten selbst die einsamen Spaziergänge am Strand mit lauer Brise und sanftem Wellenrauschen meine lauernden Panikattacken nur bedingt unterdrücken. Ich war definitiv noch im Überlebensmodus, immer in Erwartung des nächsten Rückschlags. Vor allem, weil die Zusammenarbeit mit „Miss1Germany" erst im Laufe der ersten Jahreshälfte 2025 finanzielle Früchte tragen würde. Und was machte ich bis dahin?!

Genau in diese Stimmung hinein meldete sich eine Geschäftsfrau aus den USA, die gern eine Kooperation mit mir eingehen wollte. Ich sollte für sie das Vertriebsgeschäft für Deutschland übernehmen. Unabhängig davon, ob ich nun zusagen würde oder nicht, auf feinstofflicher Ebene erreichten mich zumindest positive Signale, die hoffnungsvoll stimmen konnten.

Als mich dann auch noch eine Freundin auf Zypern besuchte, hätte mir nach allen Regeln fürs Glücklichsein eigentlich die Sonne aus dem Hintern strahlen müssen. Das Gegenteil war der Fall: Als wir gemeinsam zum Frühstücken rausgingen, war meine Kehle plötzlich wie zugeschnürt. Ich konnte nicht mehr schlucken, und mein Sprachzentrum war irgendwie blockiert. Hinzu kam unkontrolliertes Zähneklappern. Ahoi, Panikattacke! Ganz offensichtlich hatte ich über die Jahre einfach zu viel erlebt und durchgemacht, um auf rosigere Zeiten zu vertrauen. Und was hatte ich alles an persönlicher Meinung zu Gesellschaft und Politik zurückgehalten, um im geschäftlichen Umfeld und als Person des öffentlichen Interesses bestehen zu können, um nur nicht zu viele politisch korrekte Gebote zu brechen. Immerhin waren Teile der Vierten Gewalt im Staat willens und im Stande, als Schergen einer modernen Inquisition prominente Existenzen zu vernichten. Aber Denkverbote und Meinungsmaulkörbe kommen einer Meinungsdiktatur gleich. Ein trügerisches Gefängnis, in dem die Freiheit perfide gemeuchelt wird. Es war kurz gesagt keine Überraschung, dass sich meine Ängste und inneren Widerstände ausgerechnet auf Sprachorgan und Sprachzentrum auswirkten. In der fernöstlichen Heilkunst ist dieser Zusammenhang eine uralte Erkenntnis.

Schnellstens machten wir uns auf den Weg in die nächste Apotheke, wo ich an genau den Richtigen geriet. Der freundliche Zypriot litt wie ich unter Klaustrophobie und Panikattacken, so wie außer uns immer mehr Menschen, wie er mir versicherte. Denn egal wo, die gesamte Welt befand sich im Umbruch und das nicht eben zum Besseren. Jedenfalls wusste er genau, was es bedeutete, sich in einer Panikattacke gefangen zu fühlen, kannte die Angst vor der Angst aus dem Effeff. Prompt mischte er ein Mittelchen auf pflanzlicher Basis zusammen. Noch vor Ort träufelte ich mir die empfohlene Menge an Tropfen unter die Zunge.

Auch wenn mir die Arznei zunächst Linderung verschaffte, merkte ich über die nächsten Tage doch, dass mir die fehlenden Routinen zu schaffen machten. Kein dreistöckiges Haus mit komplettem Haushalt, kein zu versorgender Sohn, kein arbeitsintensiver Hund, Papagei und Hase – ohne all diese Aufgaben und Ablenkungen fühlte ich mich meinen Dämonen noch mehr ausgesetzt. Die Unfähigkeit zu Schlucken kam mit Macht zurück. So sehr ich mich auch dazu zwang, ich konnte nichts mehr essen und kaum noch etwas trinken. Einer Ohnmacht nahe, glaubte ich schließlich, verrecken zu müssen. Stiche im Solarplexus, eiskalte Hände und Füße, die Oberlippe war von kaltem Schweiß bedeckt. Der Volksmund sagt ja, es muss erst noch schlimmer werden, bevor es besser wird, aber ich war mit meiner Kraft restlos am Ende. Mein erster Burnout des Jahres 2010 war wenigstens noch von kurzen, überschaubaren Panikschüben begleitet gewesen, doch aktuell wollte es überhaupt kein Ende mehr nehmen. In kürzester Zeit verlor ich so viel an Gewicht, dass meine Hosen von den Hüften rutschten. In diesem erbärmlichen Zustand verfluchte ich das selbstgewählte Einsiedlerdasein auf Zypern genauso, wie die Besuche von Freundinnen und einer Geschäftspartnerin in spe. Gleichzeitig hielten mich sowohl die friedliche Einsamkeit als auch die vertraute Geselligkeit überhaupt noch auf den Beinen. Was war bloß aus dem Silberstreif am Horizont geworden, weshalb zog er mich denn nicht endlich aus meinem seelischen Sumpf?! In meiner Not schleppte ich mich zu einem Arzt, der sich in puncto Traumabewältigung und -therapie jedoch genauso überfordert zeigte.

Final wandte ich mich an meine Heilpraktikerin Anett. Per Bioresonanztherapie mit elektromagnetischen Schwingungen – wie Einstein schon sagte, in Frequenzen liegt die Zukunft – sollte sie von Deutschland aus meine Darmzotten stärken, wo sich seelische Ungleichgewichte bekanntlich am ehesten sammelten und manifestierten. Parallel zog ich auch Eva, meine Freundin auf Malta und zudem Reiki-Meisterin, zu Rate. Vereinfacht gesagt, sie tunte sich auf meine Lebensenergie ein und wusste im Ergebnis Aufschlussreiches zu berichten: Ich wäre in einem früheren Leben erwürgt worden!

»Eva, das war nicht in einem früheren Leben, ich bin in diesem Leben fast erwürgt worden. Ich war schon halb tot, als ich nur dank meines Körpergewichts aus seinen Händen geglitten bin und erst am Boden liegend wieder zu mir kam.«

Uns beiden war zum Weinen zumute. Tatsächlich war ich ein Survivor physischen und psychischen Missbrauchs durch männliche Narzissten. - Als es mir kurz darauf schlagartig besser ging, wollte ich natürlich den Grund dafür erfahren. Eva erklärte daraufhin, sie hätte eine Art Schutzreifen um meinen Hals gelegt, damit mich nichts und niemand mehr würgen könne.

Leute, schon klar, dass mir an der Stelle nicht mehr jeder folgen kann oder will. Vor allem im westlichen Kulturkreis glaubt man bevorzugt nur das, was man auch sehen kann.

Dazu gehört nun mal die Schulmedizin aber eben nicht alle alternativen Heilmethoden. Ich für meinen Teil hänge an den Naturwissenschaften, bin ein regelrechter Nerd in diesen Dingen, vertraue aber gleichwohl auf Spiritualität und Metaphysik. Für mich schließt sich beides nicht zwingend aus. Bestimmt auch ein Ausdruck meiner Freiheitsliebe.

Was mir in Hinblick auf mein arg strapaziertes Nervenkostüm gerade noch gefehlt hätte, wäre das Hineingeraten in eine reale Horrorgeschichte gewesen. Als die Anreise einer weiteren lieben Freundin anstand, war an so ein Szenario gottlob nicht zu denken. Zum einen hatten mich Anett und Eva wieder halbwegs auf die Füße gestellt, zum anderen hatte ich für uns extra ein kleines Häuschen am Meer gemietet.

Nachdem ich die Freundin per Taxi vom Flughafen abgeholt hatte und wir uns bereits seit einer gefühlten Ewigkeit auf dem Weg zu unserem Ziel befanden, machte sich unser Fahrer beiläufig bemerkbar:

»In the middle of nowhere …«

Wir Frauen hatten die ganze Zeit über angeregt parliert und bis dato wenig mitbekommen. Was von der Zivilisation übriggeblieben war, beschränkte sich auf eine altersschwache Straße. Keine Häuser, Geschäfte oder sonstige Infrastruktur weit und breit, stattdessen staubige Einöde und ein ausgetrockneter See. Route 66, letzte Abfahrt vor der Grenze zu Texas – eigentlich fehlten nur noch die rollenden Steppenläufer aus Stroh, kreisende Geier und das Geheul von Kojoten. Als ein Bauschild die Sperrung der sogenannten Straße markierte, mussten wir zu allem Überfluss auf einen Ersatzweg ausweichen, der nun wirklich jeder Beschreibung spottete und außerdem einen riesigen Umweg bedeutete. Während ich mir in Gedanken noch dazu gratulierte, sicherheitshalber eine 6er-Packung Wasser – Leitungswasser ist auf Zypern nicht trinkbar –, Eier und Brot fürs Frühstück sowie Pasta-Zutaten eingepackt zu haben, erreichten wir gut durchgeschüttelt und jeder Vorfreude beraubt das Ziel.

Beim Anblick des schnuckeligen Häuschens mit wunderschönem kleinen Strand unmittelbar davor, hellte sich die Laune merklich auf. Im Strandhaus selber erwartete uns ein persönliches Willkommenskärtchen mit Gebäck, der Kühlschrank war gut gefüllt. Nur mit der einen Flasche Mineralwasser wären wir zu zweit nicht weit gekommen. Kurzum, meine Freundin und ich waren verzückt. Doch schon am nächsten Morgen bekam der Klaustrophobiker in mir neues Futter: Handyempfang erbärmlich und überhaupt, wie sollte man dort draußen in der „Walachei" an ein Taxi kommen oder im Fall eines Falles Hilfe herbeirufen?

Idyllische Bleibe hin oder her, am Arsch der Welt auf sich alleine gestellt und ohne fahrbaren Untersatz blieb es ein Gefängnis.

Zu zweit gingen wir auf Erkundungstour. Vielleicht fanden wir ja ganz in der Nähe, womöglich schon hinter dem nächsten Sandhügel, noch ein anderes Haus mit hilfsbereiten Nachbarn.

Und siehe da, es gab ein Haus quasi um die Ecke, wenn auch ziemlich heruntergekommen.

Bei über 30 Grad im Schatten stand ein gereifter Herr mit auffallend gut gebautem, freien Oberkörper davor und grüßte knapp: »Kalimera, ladies.«

In einer Mischung aus Panikmodus und Erleichterung – nebenbei rieb ich meine eiskalten Hände – eilte ich dem vermeintlichen Heilsbringer nervös entgegen.

»Die Sache ist die, wir sitzen hier fest. Können Sie uns irgendwie weiterhelfen, damit wir irgendwo einen Wagen mieten können?«

»Kein Problem, ich bringe euch in den nächsten Ort. Aber die Fahrt wird eine Weile dauern.«

Der zweite Satz war so gar nicht das, was ich gerne hören wollte. Außerdem empfand ich die Aura des Nachbarn als sehr düster, was absolut nichts mit seinem englischen Akzent zu tun hatte – oder vielleicht doch?

Ganz anders meine Freundin, die mich völlig wuschig anstupste. »Mann, der sieht aber lecker aus, sehr attraktiv«, flüsterte sie.

Interessierte mich nicht, ich starrte längst wie gebannt auf drei Metallöfen Marke Eigenbau, die hinter seiner abgestellten Schrottschüssel auf Rädern aufragten. Zwei Ofentüren standen offen. Im Inneren waren die Reste großer Knochen erkennbar, vieler Knochen, so als wären Menschen darin verbrannt worden. Die dritte Metalltür war hingegen geschlossen und mit einer Art Schürhaken blockiert. Meine Fantasie ging mit mir durch, als ich mir ausmalte, wie ein darin Gefangener gerade um sein Leben kämpfte.

Mit diesen unheimlichen Eindrücken im Kopf, vernahm ich die Stimme des Fremden, der uns zum Einsteigen aufforderte. Eigentlich war ich schon drauf und dran, die Aktion abzubrechen, als „Madame“ dahinschmachtend auf dem Beifahrersitz Platz nahm. Na toll, ich konnte sie ja schlecht allein mitfahren lassen! Trotz meiner aufjaulenden inneren Stimme stieg ich also ein. Die zwei Drittel Rückbank neben mir waren hochgeklappt. Bei geschlossenen Türen war die Platzangst perfekt, noch dazu in Gesellschaft eines potenziellen Serienkillers. Mein Gefängnis auf Rädern rollte noch nicht lange, da sah ich halb unter dem Fahrersitz ein flexibles Expanderseil mit Metallhaken liegen und gleich daneben ein Naturseil, wie es in Wildwest-Streifen zum Aufknüpfen von Verurteilten verwendet wurde. Von wegen in den nächsten Ort fahren – wir würden in irgendeiner verlassenen Grotte oder Ruine landen! Gemeuchelt und entsorgt auf Cyprus, als letztes zweifelhafte Highlight nach meiner kurz zuvor überstandenen Wurzelkanalbehandlung mit Abszess – garantiert auch die stress- und traumabedingt! Bestimmt hatte dieser Engländer sein Land fluchtartig verlassen müssen, weil schon zu viele seiner Opfer in Peterborough tot über dem Zaun hingen. Meine Einbildungskraft trieb immer wildere Blüten, wurde aber auch weiter befeuert.

»Sarah, entspann dich, ich werde dich nicht entführen«, ließ mich der Kerl süffisant grinsend wissen. Und er setzte noch einen drauf: »Und ich werde dich auch nicht fesseln.«

Ich hatte bis dahin nichts gesagt und nichts gemacht, mich absolut ruhig verhalten. Also weshalb dieser geschmacklose Kommentar, verdammt, der nur Unsicherheit und Angst schürte. Spürte er etwa, dass ich ihn lesen konnte? In einer Kurve riss ich die Tür auf und wollte aus dem Auto springen.

Ein Bein berührte bereits die Straße, als er gegensteuerte und aufs Gas ging.

»Du hältst jetzt sofort an!«, brüllte ich von hinten auf ihn ein.

Der Wagen war noch nicht ganz zum Stehen gekommen, da machte ich schon einen großen Satz auf den Straßenrand. Peinlich berührt folgte meine Freundin, an der so ziemlich alles vorbeigegangen zu sein schien.

»Also ich bin so geflasht, ich bin geradezu hypnotisiert. So ein toller Mann«, musste ich mir allen Ernstes anhören, während der Betreffende davonbrauste.

»What the fuck – are you kidding me?!«, war alles, was mir dazu über die Lippen kam.

Schließlich erreichten wir zu Fuße eine kleine, verschlafene Ortschaft, in der es tatsächlich auch eine Autovermietung gab – geschlossen. In einem Supermarkt klärte man uns auf, dass schon seit längerem keiner mehr dort ein und aus gegangen war. Blieb also nur ein Taxi.

»Taxi könnt Ihr vergessen, die kommen nicht bis in unsere Gegend«, schaltete sich ein Mann mit Fleischerschürze ein, der redselig vor seine Verkaufstheke trat.

Ich lächelte matt, und meine Unsicherheit war vermutlich nicht zu übersehen. »Ja, ist uns auch schon aufgefallen.«

»Ich fahre Sie.«

In der Annahme, er würde sich mit Fahrdiensten noch etwas nebenbei verdienen, kauften wir vorab noch im Supermarkt ein. Auf dem Rückweg zum Strandhaus kamen wir dann nett ins Plauschen. Es stellte sich heraus, dass dieser Fleischer auch der Bürgermeister des Ortes war und wegen eines Meetings eigentlich unter Zeitdruck stand. Es ging wohl um die Einweihung eines neuen Leuchtturms. Als wir uns nach Ankunft voneinander verabschiedeten, war die unentgeltliche Hilfe des galanten Herrn eine Ehrensache. Wir erhielten außerdem seine Telefonnummer.

Gerade mal einen Tag später rettete diese mir gefühlt das Leben, als mich der goldene Käfig am Meer fast um den Verstand brachte. Keine Ahnung, was sich schlimmer auswirkte, die menschenleere Stille mitsamt dem Nichtstun oder der zwielichtige Fremde mit der morbiden Ader jenseits des nächsten Sandhügels – vermutlich eine Kombination aus beidem. Am Nachmittag wollte meine Freundin partout nicht mit nach Larnaka fahren. Sie hatte sich in den Kopf gesetzt, wenigstens ein letztes Mal um Mitternacht im Meer schwimmen zu gehen und erst am Vormittag nächsten Tages nachzukommen. Nach wie vor hielt sie mich wohl nur für eine überspannte TV-True-Crime-Guckerin. Und so bestieg ich das vom Bürgermeister gesandte Taxi alleine.

Am Morgen darauf rief sie mich aufgelöst an. Ich sollte sie sofort da rausholen. Unmittelbar nach ihrem entspannten mitternächtlichen Bad im Meer war der ach so attraktive Nachbar um die Ecke gekommen, hatte versprochen, sie am nächsten Vormittag zu mir zu bringen. Aber weit gefehlt, stattdessen war er früh aufgetaucht, um sie in seine Schrotthütte zu lotsen – inklusive erneuter Anspielungen in Sachen Niederfesseln der hysterischen Freundin, womit ich gemeint war. Nochmal mit dem Taxi dorthin?! Ich überwand mich nur meiner Freundin zuliebe und mit reichlich Apothekertropfen unter der Zunge, das kann ich euch sagen.

Die letzten gemeinsamen Tage verbrachten wir dann deutlich entspannter im friedlichen Larnaka, konnten über das Erlebte sogar schon Schmunzeln, wenngleich etwas verkrampft. Wer konnte schon genau sagen, wo die Realität aufgehört und die Fantasie das Kommando übernommen hatte.

In der letzten von vier Wochen auf Zypern entkrampfte ich merklich, meditierte mich in die Ruhe zurück, konnte wieder normal essen und trinken. Genau genommen besann ich mich dabei auf meinen ersten überstandenen Burnout im Zuge der zweiten Ehe: Selbstheilung mit Hilfe der Bibel, einschlägiger wissenschaftlicher Literatur, im Einklang mit der Natur durch intensives Erleben mit allen Sinnen. Ich manifestierte sogar in den Kosmos hinein: I'm rich, I`m wealthy, I`m sexy – universe and me are aligned! Das gesprochene Wort als eine feststehende Energie formuliert, nicht als bloße Hoffnung – in feinstofflicher Hinsicht ein entscheidender Unterschied.

Auch, dass mir mein Zwillingsbruder als letzter Gast zur Seite stand, half enorm. Gerade steppte in Deutschland der Bär rund um die zeitversetzte RTL-Ausstrahlung von „Sommerhaus der Stars“ und der damit einhergehenden, heiß diskutierten Trennung von meinem Partner. Lars unterstützte mich, indem er mir vor Ort zum Beispiel den Rechner für die anfallenden Interviews und Podcasts einrichtete. Daneben gemeinsame Spaziergänge und Frisbee-Werfen am Strand sowie Schwimmen im Meer – himmlisch entspannend.

Kurz vor meinem Rückflug nach Malta baute mich auch mein Kartenleger Bernhard auf, der mich in puncto Wahrheit noch nie enttäuscht hatte. Laut ihm würden weitere Zusagen für Reality-TV-Formate folgen, ich sowohl mein Haus halten als auch meinem Sohn seine Ausbildung und das Studium an der IT-Academy finanzieren können. Als Sahnehäubchen orakelte er noch, dass ich demnächst eine Rückzahlung erhalten würde. Und tatsächlich: Kurz darauf hatte mein Rechtsanwalt eine frohe Botschaft zu verkünden, wonach ich einer Rückzahlung entgegensehen durfte, mit der ich mangels erwarteter Gerechtigkeit nicht mehr wirklich gerechnet hatte. Diese würde mich voraussichtlich einige Monate tragen können.

Im Flieger zurück nach Malta war ich endlich wieder mit einem „scharfen Ritterschwert" bewaffnet, seelisch im Gleichgewicht und voller Zuversicht, meine Frau stehen zu können – als starke Persönlichkeit zwischen Muttersein und Geschäftsfrau.

Gelandet bin ich übrigens nicht allein mit meinem üblichen Gepäck, sondern dazu noch mit einer Hundebox. Darin befand sich ein zweiter Lemon Beagle namens Bobbi. Ja, ihr lest richtig. Natürlich hätte es gerade jetzt nicht noch einen Hund gebraucht. Aber die Liebe für ein neues Familienmitglied schaut nun mal nicht aufs Bankkonto. Und es folgte doch einem durchaus sympathischen Muster: In der harten Zeit meiner Insolvenz hatte mich einst schon Lemon Beagle „Buddy" adoptiert. Jetzt, unter ähnlich schwierigen Umständen, hat „Bobbi" sich mich ausgesucht. Wie war es nun aber dazu gekommen? Kurz zusammengefasst: Auf Zypern habe ich mich mit einem deutschen Ehepaar angefreundet, das wie ich im Tierschutz aktiv ist. Ehrenamtlich engagierten sich die beiden vor Ort in einem Tierheim. Eben dorthin haben sie mich mitgenommen. Ich wollte mir persönlich ein Bild machen, gegebenenfalls unterstützen, aber mir ganz sicher keinen zweiten Hund ans Bein binden. Tja, so viel zur Theorie … In der Praxis bereicherte „Bobbi" unser Malteser Familienidyll sofort problemlos, fügte sich nahtlos ein.

Mal wieder und so Gott will hoffentlich zum letzten Mal hatte es für mich geheißen: von allem ins Nichts und zurück in Stabilität. Trotz aller erlittenen Ängste und körperlichen Probleme muss ich dem Herrgott für das tiefe Tal aufgrund des zweiten Burnouts danken, durch welches er mich geführt hat. Nur dank dieser Erfahrung war ich überhaupt bereit, Stillstand und Phlegma über Bord zu werfen, mich ein weiteres Mal neu zu erfinden und den veränderten Marktbedingungen anzupassen. TV-Homeshopping war gestern, die Zukunft heißt Onlineshopping, dabei wird es voraussichtlich für lange Zeit bleiben. TikTok, Instagram und Facebook lassen grüßen. Eigene Onlineshops, Affiliate-Marketing, gezieltes Wirken als Influencerin über meine Online-Tools – Hand in Hand mit einem versierten IT-Profi arbeite ich aktuell an genau diesem Weg.

Ein Schlusswort

Melancholie trifft Schnellgeist: Hey, lass uns die Welt retten, Stufe für Stufe mit dem, was uns möglich ist. Was mich früher intuitiv von anderen Models und Geschäftsfrauen unterschieden hat, mich oft interessanter und anziehender gemacht hat, das ergründe und betone ich mittlerweile ganz bewusst.

Die spirituellen, feinstofflichen Energien in mir sind auf vollen Empfang und volle Lautstärke hochgeregelt. Keine Extensions mehr und kein Botox, jede Falte nenne ich beim Vornamen. Aus der ewig getriebenen Sarah Kern ist ein Mensch geworden, der sich selbst genug ist.

Ich habe Zeiten erlebt, in denen musste ein Döner Kebab als warme Mahlzeit für den ganzen Tag ausreichen. Als Unternehmerin kann ich Höhen und Tiefen vorweisen, habe Millionen von D-Mark und Euro an den Fiskus abgeführt aber genauso auch geschäftlichen Schiffbruch erlitten. Privat haben sich Männer wiederholt als Narzissten erwiesen und mir mitunter die Hölle auf Erden bereitet, indem sie sich wie Vampire an meiner reichlichen Lebenskraft bedient haben. Die Manipulation durch einen solchen Menschen ist derart perfide, dass das Opfer in eine selbstzerstörerische Abhängigkeit geraten kann, ähnlich einer Drogensucht. Erst, als ich das Ausmaß dieser Form des anhaltenden Missbrauchs begriffen und verarbeitet hatte, konnte ich mir selber verzeihen.

All das habe ich durchlebt und durchlitten.

Und deshalb gestehe ich mir auch das Recht zu, Folgendes ein für alle Male klarzustellen:

Mit Verlaub, ich lasse mir von keinem politisch korrekten Arschloch da draußen einen verbalen Maulkorb verpassen! Ich sage, was ich denke und meine, was ich sage. Und das ist die einzige Haltung, die in einer Demokratie meiner Meinung nach zählen sollte.

Es sollte darum gehen, dass Menschen offen und ehrlich miteinander sein dürfen. Darum, dass ihre Ängste, Sorgen und Niederlagen nicht per se als Schwäche ausgelegt werden. Denn sogenannte Schwäche zu zeigen und dazu zu stehen, beweist in Wahrheit doch viel Mut und Stärke. Allemal mehr jedenfalls, als bei Leuten, denen ums Verrecken immer die Sonne aus dem Arsch zu strahlen scheint – versteckt hinter einem Lügengebäude, dem soundsovielten Facelifting oder kosmetischen Entgleisungen in einer Fake-Welt mit viel Glanz und Lametta aber ohne Rückgrat und Wahrhaftigkeit. Lüge, Heuchelei und Scheinwelten sind feste Größen im gesellschaftlichen Leben, eine traurige Realität. Wie Friedrich Nietzsche bereits anno 1873 feststellte:

‚Soweit das Individuum sich gegenüber anderen Individuen erhalten will, benutzt es in einem natürlichen Zustand der Dinge den Intellekt zumeist nur zur Verstellung.'

Ich für meinen Teil strebe es in allen Aspekten meines Lebens an, besser zu sein als das – jeden Tag aufs Neue. Denn wer muss in den Spiegel schauen, muss sich vor sich selber verantworten und mit dem eigenen Verhalten leben? Doch nur jeder Einzelne selbst.

Mein großer Sohn ist längst erwachsen und geht selbstbewusst seinen eigenen Weg. Mein Sohn Romeo hat die Highschool erfolgreich abgeschlossen, bereits einen Ausbildungsplatz und wurde als jüngster Student überhaupt von der IT-Academy auf Malta aufgenommen. Beide sind in jeder Beziehung wohlgeraten, meine besten Freunde und Gesprächspartner. Wir sind ethisch, politisch und spirituell auf einer Ebene, jeder für sich mit einem gesunden Selbstvertrauen. Gemeinsam haben wir schöne aber auch harte Zeiten und die größten Herausforderungen überstanden. Als alleinerziehende, liebende Mutter über die vielen Jahre macht es mich unfassbar stolz, wie sie sich entwickelt haben und weiterhin gedeihen.

An dieser Stelle sei unbedingt auch Candy Kern erwähnt, meine Stieftochter und gleichsam Ottos leibliche Tochter aus erster Ehe. Auch nach über 30 Jahren ist sie meine engste Vertraute, die ich ebenfalls sehr liebe und auf die ich unglaublich stolz bin.

Was die Männer betrifft: Sollte mir einer über den Weg laufen, der mir wirklich gut gefällt, mal schauen, ich bin ja nicht tot.

Immerhin bin ich eine geborene „allumeuse“, wie der Franzose sagt, also eine „Feuerentfacherin“, die für ihr Leben gerne flirtet und die Nähe zu Männern schätzt. Nur, ich brauche keinen Sex mehr oder die Sucht eines Adams nach mir, um etwas zu beweisen. Es gehört mehr dazu, viel mehr, und deshalb: Qualität vor Quantität, mit Streben nach Geduld und Harmonie. Ein intelligenter Mann, der unabhängig ist, dazu willens und in der Lage, mir den

Rücken mit Liebe, Respekt und Verständnis freizuhalten – bei Bedarf auch als scharfsinniger Ratgeber –, müsste es schon sein. Alles andere hatte ich zur Genüge.

Ich bin längst noch nicht zu alt für amouröse Partnerschaften, das ganz sicher nicht, dafür aber um einiges weiser geworden. Vielleicht habe ich endlich das Selbstvertrauen erlangt, von dem ich immer nur dachte, dass ich es hätte. Um es mal kurz und knackig auf den Punkt zu bringen: Ich würde derzeit allemal lieber mit einer Frau in einer WG wohnen als mit einem Mann.

Meine Phoenix-Flügel sind ausgebreitet, und derzeit erfinde ich mich wieder einmal neu. Man darf gespannt sein, wohin das führen wird. Aber eines ist ganz sicher: Ihr werdet weiter von mir hören, von mir lesen, mich wo auch immer wiedersehen.

Ende.

Printed in Poland
by Amazon Fulfillment
Poland Sp. z o.o., Wrocław

50010393R00144